あなたの愛が正しいわ

登場人物紹介

デイヴィス

ローザの夫で、ファルテール伯爵。
様々な事業を手がける
経営者だが、妻には冷淡。

ローザ

ファルテール伯爵夫人。
忙しい夫を献身的に支えてきた。
夫が好きな淡い色の服ばかり
着ていたが、本当は鮮やかな
色の服を好む。

マチルダ
グラジオラス公爵夫人。
ローザを気に入っている。
アイリス
グラジオラス公爵令嬢。
両親から溺愛されているが、
ある悩みを抱えている。
バルド
グラジオラス公爵家の
私設騎士団で団長を
務めていた青年。
ある事件をきっかけに
ローザと出会う。
ハンナ
ローザがはじめた服飾店で
働く平民の女性。

プロローグ

久しぶりに出席した夜会で、私は夫のデイヴィスを捜していた。

寝不足の私の目には、会場を照らすシャンデリアの光がまぶしい。

体調不良のこの体では、自分が着ている淡い水色のドレスすら重く感じた。着飾った貴婦人たちから漂《ただよ》う香水の香りでどんどん気分が悪くなる。

夫には申し訳ないけど、今回も早めに帰らせてもらおう。

そう思ったところで、バルコニーに夫がいるのを見つけた。

夫の美しい金髪と、あの宝石のような青い瞳を私が見間違えるはずがない。私のドレスと合わせて仕立てた衣装を、夫は完璧に着こなしている。

遠目にも、私の夫は魅力的だった。

——デイヴィス。

近づいた私がそう呼びかける前に、彼の深いため息が聞こえてきた。

「本当に、嫌になってしまう……」

デイヴィスは、付き合いの長い男友達に悩みを相談しているようだ。

男友達は「仕事の愚痴《ぐち》なら聞くぞ」と親しそうにデイヴィスの肩に腕をまわす。

「仕事は順調だよ。僕の悩みは、妻の……ローザだ」

デイヴィスに、暗い声音《こわね》で自分の名前を呼ばれて、私の心臓は大きく跳ねた。

「夫人？　綺麗な方じゃないか」

男友達の言葉にデイヴィスは首をふる。

「たしかに昔は美人だったよ。でも、最近は、彼女の白っぽいプラチナブロンドの髪が、なんだか年老いて見えるときがあるし、どんどんみすぼらしくなっていって……。それに、中身がさらに問題でね……。僕への執着が激しすぎるんだ」

「なんだ？　のろけか？」と笑う男友達を、デイヴィスは暗い瞳で見つめる。

「そうだったらよかったんだけどね……。ローザは、毎日ずっと僕の帰りを待ち構えているんだ。それだけじゃない。朝晩に、仕事の報告にも来る。『今日のこの仕事はどうなさいますか？　明日のこの仕事はどうなさいますか？』って。もう結婚して三年目なんだ。いいかげん仕事くらい僕に頼らずやってほしいよ！　彼女は僕にまとわりつくことにしか興味がないんだ。本当にあきれてしまう」

デイヴィスが億劫《おっくう》そうにバルコニーの柵に体を預けた。

「おいおい、愛されているってことじゃないか」

「愛にも限度があるよ。ここまでされるとうっとうしいんだ。僕はもっと爽《さわ》やかで、ほどよい距離の愛がいい」

心から愛していた夫の口から出るのは、信じられない言葉の数々。

動揺して、うまく息が吸えない。

その場から逃げ出そうとしたら、足元がふらつきカタンと音を立てる。

こちらを振り返ったデイヴィスが私に気がつき、一瞬『しまった』という顔をした。けれど、すぐにその瞳は冷たくなる。

「ローザ、立ち聞きかい？　そんなに僕と一緒にいたいの？」

「お、おい、デイヴィス。やめろって！」

止めようとする男友達を手で制し、デイヴィスは私をにらみつけた。

「ローザ、この際だからはっきり言わせてもらうよ。君はいつも僕にまとわりつくばかりで、まともに社交もしていないよね？　君が最後にお茶会に行ったのはいつだい？　今もこうして夜会にいるのに、僕を追いかけまわしている。社交をしない君は、伯爵夫人の務めを果たしているとは言えないんじゃないか？」

私は彼の言葉に反論できなかった。

そんな私にデイヴィスは、あきれるような視線を向ける。

「それに身だしなみくらい整《ととの》えてくれよ。髪はバサバサだし、肌も荒れ放題だ。今日のドレスだって、パッとしないし……正直、今の君は見苦しいよ。そんな君を連れて歩く僕の身にもなってくれ！」

デイヴィスに、そんな風に思われていたなんて。恥ずかしくて顔を上げられない。

「ローザ、君の愛は迷惑なんだ。僕は、夫に執着しないような、もっと自立した妻がいい。だからこれ以上、僕につきまとうのはやめてくれ。君はもっと大人になるべきだ！」

男友達が「夫人、申し訳ない！　デイヴィスに酒を飲ませてしまったんだ。コイツ、昔から酒に弱くて……」とあわてている。

「……知っています。デイヴィスは、『お酒を飲んだら不思議と素直になれる』といつも言っていましたから」

私の言葉を聞いた男友達の顔が青ざめていく。

「デイヴィス。私、先に帰るわ」

デイヴィスとは同じ馬車で来ていたけど、彼はこれ以上、私と一緒にいたくないだろう。

「さようなら」

そう告げても、彼は私を追ってこなかった。

すぐに追いかけてきて「ごめん、酔っていたんだ！　今のは全部ウソだ！」と謝ってくれることを、心のどこかで期待していた自分に気がついて笑ってしまう。

「本当に私って、うっとうしい女ね」

伯爵家の馬車に乗り込むと、こらえていた涙があふれた。

出会ったばかりのデイヴィスの言葉が思い起こされる。

――僕たちは、政略結婚だけど、君とならお互いを尊重して仲良くやっていけそうだよ。少しずつ、誠実な愛を育んでいこうね。

こんなに思いやりのある人と結婚できて、今までずっと幸せだと思っていた。

でも、幸せだと思っていたのは私だけだったみたい。愛しているのも、大切に思っているのも、きっと私だけなのね。

デイヴィスに「素敵だよ」とほめてもらいたくて、ずっと彼好みの服装をしていた。

伯爵家の仕事だって睡眠時間を削《けず》ってまで頑張っていた。

そのせいで、夜会やお茶会に参加する時間をつくれず、友達とは疎遠《そえん》になってしまったけど、デイヴィスが喜んでくれるなら、それでもいいと思っていた。

だから、デイヴィスが仕事から帰ってくると嬉しくて、少しでも彼と話がしたくて、夜遅くまでも彼の帰りを待っていた。

「ああ、本当に、彼の言う通り……」

自分が夫に負担をかける女なのだと、ようやく気がつけた。

「ごめんなさい……」

今までのことを、許してもらえるとは思わない。

でも、これからは、私はあなたの理想の妻になります。

あなたに執着せず、熱い瞳で見つめず、仕事の報告もしない。

社交に力を入れて、美しく着飾り、夫から自立する。

そんな理想の妻になれば、あなたは私を許してくれますか？

第一章　『素敵な旦那様』という夢から覚めた私

ひとりで帰ってきた私に伯爵家の使用人たちは驚いていたけど、気を遣ってくれたのか、誰もなにも言わなかった。

メイドたちはなにか言いたそうにしながらも私のドレスを脱がせて、丁寧に化粧を落としていく。就寝準備を整《ととの》えた私は、寝室に入ると鍵をかけた。

ようやくひとりになれた。

疲れ切った体をベッドに沈める。

それから、後悔とともに思い切り泣いた。

泣いて泣いて、泣き疲れて、いつの間にか眠っていた。


次の日。

目覚めた私は、頭が痛くて仕方なかった。泣きすぎたせいで、目も顔も腫《は》れている。

メイドが扉をノックしたけど、鍵は開けなかった。

いつもなら、デイヴィスに少しでも綺麗だと思ってほしくて、早朝から身支度を整《ととの》えていた。

デイヴィスからすれば、私のそういう行動もうっとうしかったのかもしれない。

「今日は具合が悪いの」

扉の向こうでメイドが戸惑っている。

「え？　ですが奥様、旦那様との朝食は……？」

メイドが戸惑うのも無理はない。

なぜなら、私はデイヴィスと一緒にとる朝食を、毎日、心の底から楽しみにしていたから。

だから、体調が悪い日でも、行かなかったことは一度もない。

でも、もう無理はしない。

今日の体調は最悪だし、顔だって腫《は》れあがって外に出られる状態じゃない。

デイヴィスも私に会わないほうが気分がいいはず。

「頭が痛いの。朝食は、あとで部屋に運んでちょうだい」

「は、はい」

「ああ、それと……」

私は寝室まで持ち込んでいた書類の束をつかむと、扉の鍵を開けてメイドに渡した。

「これをデイヴィスに渡して。渡せばわかるわ」

「はい」

心配そうな表情を浮かべたメイドは、私に頭を下げてから去っていく。

私はため息をつくと、再び扉に鍵をかけ、ベッドに横たわった。

「毎日無理してあの仕事を頑張っていたけど、なんの意味もなかったのね」

デイヴィスが求めていた理想の妻は『彼の代わりに仕事をする妻』ではなかった。

「だって、彼の理想が、伯爵夫人として美しく着飾って、夜会やお茶会に積極的に参加して、社交に力を入れる女性だったなんて、知らなかったのよ……」

これからは睡眠をしっかりとって美容に気をつけないと。

ああ、そうだわ、ドレスの流行も調べないとね。

私はもう一度ため息をつくと、心地よい睡魔《すいま》に身を任せた。


どれくらい眠っていたのだろう。

荒々しく扉を叩く音で目が覚めた。窓から見える太陽は高く昇っている。

久しぶりに十分な睡眠をとったので、気分がすっきりしていた。

「ローザ！　いったいどういうつもりだい⁉」

扉の向こうでは、なぜかデイヴィスが怒っていた。

私は扉に近づいたけど鍵は開けなかった。

身支度を整《ととの》えていない姿なんて見せたら、よりいっそう嫌われてしまいそうで怖い。

「なんのこと？」

「なぜ朝食に来ない⁉」

「体調が悪いとメイドに伝えたわ」

「そうやって、また僕の気を引こうとしているんだね。まったく君は……」

デイヴィスのあきれたような声を聞きながら、私は不思議な気分になった。

私の夫は、体調が悪いと言っているのに『大丈夫？』の一言もくれない人だったかしら？

そういえば、結婚した当初は、毎日「愛しているよ」と言ってくれたけれど、最後にその言葉を聞いたのがいつなのか思い出せない。

それどころか、ここ最近は微笑みかけてくれたことすらないような気がする。

扉の向こうのデイヴィスは、きっといつものように、不機嫌な顔をしているのだろう。

「それにローザ、この書類はなんだい？」

「なに、と言われても」

「君の仕事を僕にまわしてくるなんて、昨日の当てつけのつもりなの？」

私は信じられない気持ちでいっぱいになった。

「……デイヴィス、それはあなたの仕事よ」

「は？」

先ほど、私がメイドに渡した書類は、領地経営に関するもの。

それは本来、伯爵であるデイヴィスが担当するべき仕事だ。

けれど一年ほど前、デイヴィスが体調を崩したときに、「少しの間だけ代わってほしい」と頼まれた。

デイヴィスにとっては簡単かもしれないけど、私にはとても難しい仕事だった。それこそ、寝る間を惜《お》しんで勉強することで、なんとかこなし続けてきたのだ。

デイヴィスは、「少しの間だけ」と言っていたけど、元気になっても仕事を私に任せたままで、もう一年が経っていた。

仕事には少しずつ慣れたものの、やはり難しい。

その上伯爵夫人としての屋敷の管理も同時にこなしながらだったので、この一年間、私はずっと慢性的な寝不足で、いつも体調が悪かった。

だからこそ、早くこの仕事をデイヴィスに返さねばと思って、毎日朝晩どうするのか確認していた。

「デイヴィス。もしかして、私にその仕事を任せたことを忘れていたの？　あんなに毎日、確認していたのに？」

扉の向こうからは返事がない。

デイヴィスは、本気で忘れていたようだ。

思いやりがあると思っていた私の夫は、どうやらうっかりしたところもあるらしい。

私は、長い夢から覚めたような気がした。

今まで幻想の中の素敵な夫を追いかけまわしていた。

それは、現実のデイヴィスからしてみれば迷惑だったに違いない。

扉の前から人の気配が消えた。

デイヴィスは無言のまま立ち去ったようだ。

「謝罪もしないのね。私、今まで彼のなにを見てきたのかしら？」

小さくあくびをすると、私はベルを鳴らしてメイドを呼んだ。

今日からは伯爵夫人としての仕事だけをしてのんびり過ごせる。

そう思うと、自然と頬《ほお》がゆるんだ。

◇◇◇

——デイヴィス、それはあなたの仕事よ。

ローザに予想外のことを言われた僕は、必死に記憶をさかのぼった。

それでも、すぐには思い当たらない。

ローザの言うことは本当なのだろうか？　また僕の気を引くためにウソを言っている可能性だってある。

昨晩の夜会でも、ローザは僕にかまってほしそうに、わざとらしくふらつきながら歩き去っていた。

彼女のことだから、どうせ僕に追いかけてきてほしいとでも思ったのだろう。そういう態度を見るたびに、僕はあきれてため息をついてしまう。

新婚のころはたしかに、僕の愛を求める彼女を愛おしく思っていた。

だが、結婚して三年目にもなると、もう少し落ち着いてほしいというのが本音だ。

正直、僕はいつまでもまとわりついてくる妻にうんざりしていた。

僕の愚痴《ぐち》を聞いてくれていた親友のブレアムが「おい、大丈夫か？　夫人に謝ったほうが……」と言ったが、僕は「大丈夫だよ」と笑って返した。

「ローザは、僕を愛しすぎているんだ。これで、少しは距離をとってくれたらいいんだけどね」

このときの僕は、本気でそう思っていた。

うっとうしいローザが、僕につきまとうのをやめて、少しだけ大人になってくれればいい。

ただ、それだけでよかったんだ。

その後の僕はブレアムの馬車に乗せてもらい、夜会の会場から屋敷に帰ってきた。

いつもなら僕が帰るのを待ち構えているローザも、さすがに今日はいない。

代わりにこの家に長く仕える執事のジョンが僕を出迎えた。

ジョンの黒髪はもうだいぶ白いものが交じっているが、背筋はピンと伸びていて年齢を感じさせない。

「奥様は、おやすみになっています」

その言葉を聞いた僕は、ホッと胸をなでおろした。

もしかしたら、ローザが「ひどいわ、デイヴィス」と泣きながらすがってくるかも？　と、思っていたからだ。

彼女に僕の本音を聞かれてしまったときは一瞬あせったが、今は『これでよかった』と思う。

「仕方がないから、明日になったらローザの機嫌をとるか」

彼女のことだから、僕に捨てられたらどうしようと心配しているだろう。

別に謝ってやるつもりはないが、「僕の妻は君だけだよ」とでも言ってあげれば、すぐに機嫌が直るはずだ。

僕は穏やかな気持ちで眠りについた。


次の日の朝、ローザは食堂に現れなかった。

ジョンに確認すると「奥様は具合が悪いそうです」と聞かされる。

「はぁ……。まったく」

今度は仮病を使って、僕の気を引く作戦のようだ。そういうところが嫌だと昨晩伝えたのに、ローザには伝わらなかった。

僕が食事を終えると、ジョンが書類の束をもってきた。

「旦那様、メイドが奥様より預かってきました」

「なんだ、これは？」

受けとって内容を確認すると、それはローザが担当している仕事だった。

「ローザが、これを僕に渡せと？」

「はい。これは旦那様のお仕事ですので」

僕はローザの子どものような嫌がらせにいらだちを覚えた。

「まったく、少しも反省していないじゃないか！」

今までローザを甘やかしすぎたんだ。

これからは、はっきり僕の考えを伝えて、厳しく躾《しつ》けていこうと決めた。

ローザの寝室の扉を叩いたが、返事はない。

扉を開けようとしたら、鍵がかかっていた。

これまで寝室の扉は、いつ僕が来てもいいようにずっと開いていたので、これも彼女の幼稚《ようち》な嫌がらせだと気がつく。

「ローザ！　いったいどういうつもりだい⁉」

何度も名前を呼ぶと、ようやく中から返事があった。

「なんのこと？」

鍵を開けず、顔も見せずに話すローザの態度に、腹が立つ。

僕は彼女が朝食に来なかったことと、自分の仕事を僕に押しつけたことを問い詰めた。

だが、ローザから返ってきたのは予想外の返事だった。

「……デイヴィス、それはあなたの仕事よ」

一瞬、なにを言われたのかわからなかった。

手元の書類を確認するが、この仕事はたしかにローザが担当しているものだ。

扉の向こうからは、信じられないとでも言いたそうな声が続く。

「デイヴィス。もしかして、私にその仕事を任せたことを忘れていたの？　あんなに毎日、確認していたのに？」

毎日、確認？

そうだった。

ローザは、毎日毎日、しつこいくらい仕事の確認をしてきた。

彼女が一生懸命なことはわかっていたが、それが面倒でうっとうしくて、酒の勢いに任せてつい親友に愚痴《ぐち》ってしまった。

しかし、よく見てみれば、手元の書類は領地経営に関することだった。屋敷を管理する伯爵夫人がする仕事ではない。

僕は確認しなければと、急いで執務室へ向かった。

調べると、この仕事はたしかに一年前までは僕が担当していた。とても複雑なので、時間がかかる大変な仕事だった。

どうして、こんなに重要な仕事をローザに任せていたのかわからない。

僕はあわてて執事のジョンを呼び、この仕事をローザがするようになった経緯を聞いた。

「一年前くらいでしょうか？　旦那様が体調を崩されたときに、奥様に『少しの間でいいから』とお願いしておりました」

「僕が？　ローザに？」

言われてみれば、そんなこともあったかもしれない。

「どうして、誰も言ってくれなかったんだ⁉」

僕の言葉にジョンはわけがわからないといったような顔をした。

「毎日、奥様がおっしゃっていましたよ？」

――今日のこの仕事はどうなさいますか？　明日のこの仕事はどうなさいますか？

「あんな言い方でわかるか⁉」

「は、はぁ……？」

そう叫びながら、僕はわかっていた。

ローザもジョンも、まさか僕が仕事を頼んだことを忘れているだなんて思っていなかったんだ。

だから、ローザは毎日、僕の代わりにやった仕事を報告して、僕に指示を仰《あお》いでいた。

僕はというと、難しく時間のかかる仕事をローザが担当してくれたことにより自分の時間が増えて、社交に力を入れるようになっていた。

急に時間ができたのは、仕事に慣れて能力が上がったためだと思っていたし、夜遅くまで仕事が終わらず時間をかけているローザを心のどこかで見下していた。

いつ見ても体調が悪そうなローザに無理をさせる気にもならず、最近では彼女の寝室からも遠ざかっていた。

「全部、僕のせいじゃないか……」

今すぐ彼女に謝ろうと思ったが、ジョンに止められた。

「旦那様、この仕事は急ぎです。今すぐにとりかかってください」

そうだった。

ローザに任せていた今日の分の仕事を終わらせなければ。

僕は書類に目を通しながら『これが終わったら、すぐローザに謝りに行こう』と決めた。

それなのに、仕事は夜遅くまでかかってしまった。

さすがにこの時間はもうローザも眠っているだろうから、明日にしよう。

そう思っているうちに、仕事に追われて一週間が経った。

やっと仕事が落ち着き、いざ、ローザの部屋に向かう。

僕を迎えたのは、真っ赤なドレスを着たローザだった。

そんな派手な色のドレスをもっていたのかと驚いてしまう。

「デイヴィス、どうしたの？」

そう尋ねるローザの顔色はよく、表情は生き生きしていた。

プラチナブロンドの髪はツヤがあり、エメラルドのような瞳がキラキラと輝いている。

「ローザ、話があるんだ」

いつもなら喜んですぐに時間をつくってくれるローザは、困ったような顔をした。

「あら、そうなの？　私はこれからお茶会なの」

ごめんなさいね、とローザはあっさり扉を閉めようとする。

「ちょ、ちょっと待って！　大切な話なんだ！」

「グラジオラス公爵夫人にお呼ばれしたお茶会なの。行かないわけにはいかないわ」

「でも……」

引き下がらない僕に向かって、ローザは「今日は無理なのよ。今度からは事前に約束をとりつけてから来てね」と淡々と告げる。

その言葉に、僕は覚えがあった。

以前、ローザに「話があるの」と言われた際に、相手をするのが面倒で「急には無理だ。今度からは約束をとりつけてから来てくれ」と告げたことがある。

それを聞いたローザは、悲しそうな顔をして「わかったわ」と言い、去っていった。

同じ言葉を言われた僕は、悲しいどころかローザに怒りを覚えた。

「僕たちは、夫婦だぞ⁉ どうして、僕のために時間をつくってくれないんだ⁉」

ローザはぽかんと口を開ける。

「じゃあ、どうしてあなたは今まで私のために時間をつくってくれなかったの？」

その言葉は、僕を責めているわけではなく、ただただ不思議だからそう言っている、という感じだった。

「それは……」

言葉につまる僕にローザは艶《あで》やかに微笑みかけた。

その笑みの美しさに、思わず見とれてしまう。

「デイヴィス、わかっているわ。それがあなたにとって理想の夫婦だってこと。爽《さわ》やかでほどよい距離の夫婦がいいのよね？ それなのに、私ったら……」

ほぅとため息をつくローザは、とても色っぽく、目が離せない。

彼女はこんなにも魅力的な女性だっただろうか？

「ローザ……」

「あなたの気持ちも知らず、愚かな私はあれでもあなたのことを心の底から愛していたつもりだったの。今までつきまとって、本当にごめんなさいね」

僕を見つめるローザの瞳に、以前のような熱がこもっていないことに気がつき、僕はなぜか衝撃を受けた。

「ローザ？」

うっとうしいくらい僕を愛しているはずのローザは、僕がのばした手をうっとうしそうに払った。

「お茶会に行く時間だわ」

そう言って歩き出したローザは、もう僕を見ていない。

「ま、待ってくれ！」

呼び止めると、振り返った彼女の動きに合わせて赤いドレスがふわりと広がった。

「デイヴィス、あなたの愛が正しいわ。だって私、あなたを追いかけていたころより、今のほうがずっと幸せだもの。これからは、お互いにほどよい距離で暮らしましょうね」

そう言ったローザの表情は、結婚式で「君を一生、大切にするよ」と伝えたときの、幸せに満ちた表情と同じに見えた。

僕は信じられない気持ちでローザを見送った。

そして、しばらく立ち尽くしたあとで、「きっと急いでいたんだ。そうに違いない」と自分に言い聞かせた。

◇◇◇

夫の求める『理想の妻』になると決めた私は、とても幸せな日々を過ごしていた。

その中でも一番幸せに感じることは、慢性的な寝不足から解放され、体調がよくなったこと。そのおかげで、思考がクリアになったことだ。

「寝不足って本当にいけないわ」

健康的な生活を送ることで顔色がよくなり、肌にツヤも出てきた。

服装を夫の好みに合わせようとは、もう思わない。

今の私のクローゼットの中には、自分のためだけに選んで購入した新しいドレスが五着かかっている。

お気に入りは、先日のお茶会に着ていった真っ赤なドレス。

たくさんの人が「素敵だわ」「とてもよく似合っているわ」とほめてくれた。

五着の新しいドレス以外は、すべてデイヴィスが好きそうな可愛らしく清楚《せいそ》なものばかりだ。

「彼に『こういうドレスを着てほしい』と言われたわけでもないのに……」

デイヴィスにほめられたい一心で、好きでもないドレスを毎日着ていた自分を思うと、あまりの愚かさに恥ずかしくなってしまう。

私は、お気に入りだった淡いピンク色のドレスを手にとった。

このドレスは、結婚当初にデイヴィスがプレゼントしてくれたものだ。

デイヴィスが『似合うよ』と言ってくれたから、それだけでこのドレスはなにものにも代えがたい価値があった。

でも、今となってはなんの価値も見いだせない。

もともと淡い色は好きじゃないし、このドレスを見るたびに、愚かだった過去の私を思い出してしまう。

それ以前に、流行遅れのドレスなんてどこにも着ていくことができない。

そこで私は、ふと、結婚してからこのドレス以外にデイヴィスからドレスを贈ってもらったことがないと気がついた。

「結婚一年目は、デイヴィスとふたりで記念日をお祝いして、いろんな物をお互いに贈りあったわね」

だけど、二年目になるとデイヴィスは「祝う記念日を減らそう」と提案した。

お祝いするのは結婚記念日とお互いの誕生日だけになった。

そのときの私に、不満はなにもなかった。

しかし三年目の私の誕生日、デイヴィスは仕事で夜遅く帰宅した。プレゼントの準備も忘れていたようで、渡されたのは数日後だった。

結婚記念日のことは、覚えてもいなかった。

「今になって、ようやく気がついたわ。記念日なんてお祝いしない。それが彼の理想の夫婦だったのよね」

三カ月後にデイヴィスは誕生日を迎える。いつもなら今の時期から盛大に祝う準備をはじめていたけど、今年はなにもしなくてよさそうだ。

「……私はデイヴィスの『理想の妻』ではないけど、デイヴィスも私の『理想の夫』ではなかったのね」

婚約したころから結婚当初までは、たしかに優しくて毎日「愛している」と伝えてくれる『理想の夫』だった。しかし、結婚生活に慣れてくると、彼は『妻を愛して大切にしてくれる理想の夫』ではなくなっていった。

そのことに気がつかなかったせいで、だいぶ時間を無駄にしてしまったような気がする。

私はメイドを呼ぶと、過去の私のドレスをすべて処分するように伝えた。

「どこかに寄付してもいいし、お金に換えてもいいわ。とにかく、私の目に入らないところへやってちょうだい」

「はい、奥様」

メイドたちは数人がかりで、ドレスを部屋から運び出した。

ガランとしたクローゼットを見た私は、まるで生まれ変わったように清々《すがすが》しい気分になる。

ふと、クローゼット内の棚《たな》に置いてあるアクセサリーボックスが目に入った。

その中には、デイヴィスの青い瞳や金の髪と同じ色のアクセサリーが並んでいる。

これまでの私はデイヴィスの色を身にまとうことに幸せを感じていた。

でも、今になってみれば、どうしてこれをほしいと思ったのかわからないものばかりだった。

「私……青色って好きじゃないのよね」

私はもともと青色より赤色のほうが好きだったし、ゴールドよりシルバーのほうが肌になじんで、上品に見える。

それにここにあるアクセサリーのような可愛すぎるデザインも好みじゃない。

私はもう一度メイドを呼び、アクセサリーボックスごと処分するように命じた。

「宝石商を呼んでちょうだい。新しいアクセサリーを買うわ」

「はい、かしこまりました」

一年前にデイヴィスに仕事を任された日から、お茶会に参加する時間をつくれなかったし、買い物をする余裕もなかった。

だから、伯爵夫人の私にあてられた資金はほとんど手つかずで残っている。

「伯爵夫人にふさわしい姿をすることや、この資金をうまく運用することも私の大切な仕事なのに、本当に私ったら……」

今までの自分を後悔しはじめるとキリがない。

『これから変わっていけばいいのよ』と、私は自分自身を慰《なぐさ》めた。

大きなため息をつきながら、私は自室で不用品探しを続ける。

デイヴィスに夢を見ていたころは宝物だったけど、今となってはゴミになってしまったものが、この部屋の中には、まだたくさんある。

◇◇◇

月に一度行われる友人たちの会合が長引いて、帰りが深夜になってしまった。

僕が馬車から降りると、伯爵邸の明かりはほとんど消えていて、静寂に包まれていた。

僕の帰宅に合わせて、執事のジョンが出迎えてくれる。

でも、いつも僕の帰りを待ち構えていたローザの姿は見当たらない。

「お帰りなさいませ。旦那様」

「ローザは？」

そう尋ねるとジョンは「時間も遅いので、奥様はお部屋でおやすみになっています」と微笑み、目元のシワを深くする。

「まったく……」

僕の妻は、まだすねているようだ。

あの夜会の日から、ローザはこんな風に僕を避《さ》け続けている。愛する僕に『うっとうしい』と言われたことによっぽど傷ついたのだろう。

「あーもう、わかった、わかった。今回は僕が折れるよ」

「は、はぁ？　旦那様、どちらへ？」

「ローザのところに行く」

「あ、いえ、ですから、奥様はおやすみに……」

止めようとするジョンを無視して、僕はローザの寝室へ向かった。

ローザはいつだって僕に愛されることを望んでいる。

今は少しすれ違ってしまっているが、優しく抱いてやればすぐに機嫌が直るはずだ。

ノックをしないでローザの寝室のドアノブに手をかける。

だが、扉には相変わらず鍵がかかっていた。

前は幼稚《ようち》な嫌がらせだと思い腹を立てたが、これはローザの精一杯の『怒っています』アピールなのかもしれない。

「ローザ」

扉を叩き何度か名前を呼ぶと、ようやくローザが姿を現した。

「デイヴィス？　こんな時間にどうしたの？」

驚いているローザは、胸元が大きく開いた部屋着を着ている。その姿を見て、やっぱり彼女は僕が寝室に来ることを望んでいたんだとわかり嬉しくなった。

ローザは僕の視線に気がついたようで頬《ほお》を赤らめる。

「今までと違っていて、驚いたでしょう？」

たしかにこれまでのローザは、大人しい服を好んで着ていた。

でも、今のローザのほうが何倍も魅力的に見える。

「ああ、驚いたけど素敵だよ」

嬉しそうに微笑むローザを抱きしめたくて仕方ない。

ローザはイタズラっ子のように微笑んだ。

「実はね、私、本当はこういう服が好きなの。でも、あなたが大人しくて清楚《せいそ》な女性が好きだと言っていたから、あなたに好かれたい一心で今まで無理をしていたの」

本当にバカよねぇ、とローザはため息をつく。

「デイヴィス、安心してね。私はもうあなたに好かれたいなんて思っていないから」

僕の頭は真っ白になった。

ローザは晴れやかな表情で言葉を続ける。

「あっ、でも今まで通り、月に一回は寝室をともにするわね。それは伯爵夫人の務めですもの」

「月に、一回？」

「あら、多かったかしら。でも、これはあなたが決めたことよ」

そうだった。

ローザの寝室に行くのが億劫《おっくう》で、仕事が忙しいことを理由にそう伝えていた。

胸騒ぎがする。

僕はあわててローザの肩を抱き寄せようとした。

いつもなら、すぐに僕の腕の中でうっとりするのに、ローザは眉間にシワを寄せる。

「デイヴィス、今日じゃないわ」

そう言うローザの声は、なぜか冷たい。

「いいじゃないか」

ローザは迷惑そうに僕の手を払った。

「私、眠いの。こんな時間に急に押しかけてきた上にそんなこと、非常識よ」

「そんな、僕たちは夫婦だろう？」

必死にローザに微笑みかけると、ローザは「そうね、私たちは夫婦だわ」と言ってくれた。

「なら……」

「でも、あなたが理想とするのは『爽《さわ》やかでほどよい距離の夫婦』だもの。私の理想の『お互いを大切にして愛し合っている夫婦』じゃないわ。だから、ダメよ」

『愛し合っている夫婦じゃない』。ローザにそう言われて、僕は頭を鈍器で殴られたような衝撃を受けた。

「そんな！　僕たちが愛し合っていないだなんて、いくらなんでも……」

「あら、あなたの愛には限度があるんでしょう？　私の愛はうっとうしいからいらないって言っていたじゃない」

それはたしかに、僕が夜会で言ったことだ。

「でも、あのときは、酔っていて……」

「酔いがさめたあとでも、あなたは謝りに来なかったわ。だから、あの言葉が真実だと私はわかったの。もう気にしないで、私も気にしていないから」

本当に気にしていないというように、ローザは眠そうにあくびをかみ殺した。『早くこの話を終わらせたい』……そんな空気を感じる。

「僕は君を愛しているよ！　君だってちゃんとわかっているだろう？」

眠気のせいなのか、ローザは幼い子どものように首をかしげた。

「そうなの？　でも、あなたは先月寝室をともにすると決めた日も来なかったわ。あのときの私は、朝まであなたが来るのを、一睡《いっすい》もしないで待っていたのよね……。それがあなたの愛情表現だというなら、あなたの愛と私の愛は違うみたい」

そう言うローザの翡翠《ひすい》のような瞳に、僕を責める色は一切なかった。ただ、事実だけを淡々と述べている、そういった雰囲気だ。

僕は、ようやく自分の過《あやま》ちに気がついた。

「……僕は……。今まで君に、なんてひどい態度をとっていたんだ……」

ローザが僕を愛してくれることを当然だと思い、傲慢《ごうまん》な態度で彼女を傷つけてきた。

「ローザ……すまない。これからは、君を大切にするから……」

「いいのよ。デイヴィス」

女神のような慈悲深《じひぶか》さで、ローザは微笑んでくれている。

ああ、ローザ。優しい君ならきっと僕を許してくれると思っていたんだ。僕たちは、ここからやり直そう。

僕がローザにふれようと腕をのばすと、ローザは笑みを浮かべたまうしろに下がり、僕から距離をとった。

「いいのよ、気にしないでデイヴィス。だって、私、もうあなたに大切にしてもらいたいだなんて思っていないもの。今までのことを謝るのは私のほう。あなたの愛が正しいわ」

小さくあくびをしたローザは「おやすみなさい」と満面の笑みで扉を閉めた。

すぐにガチャリと鍵がかかる。

それは、ローザの心にかけられた鍵だった。

ローザの心からしめ出された僕が今さらなにを言おうが、彼女にとってもうなんの意味もないのだと、僕はようやく気がついた。

第二章　新しい私

今日は、王宮で夜会が開かれる。

この夜会には、ファルテール伯爵である夫も招かれているので、私も伯爵夫人として一緒に参加することになっていた。

私はこの日のために夜空を思わせるような黒色のドレスを新しく仕立てた。黒くツヤのある生地に銀糸で上品な刺繍《ししゅう》がされている。

このドレスは、今まで私が着ていた淡い色や、ふわりとスカートが広がるような可愛らしいデザインではない。体のラインがはっきりわかるし、胸元も下品に見えない程度に開いているものだ。

「少しやりすぎたかしら？」

私が不安になっていると、メイドたちは瞳を輝かせながら「素敵です、奥様」「とても、お似合いです！」とほめてくれた。

「そう？」

「はい！」

嬉しくなった私は、遠慮せずに自分の好きを追求することにした。

いつもとは違うメリハリのついた化粧をほどこしてもらい、目尻に少しだけ赤を入れる。イヤリングとネックレスは、大好きなルビーでそろえた。

「奥様、髪はどうなさいますか？」

「そうね……」

私の髪は、デイヴィスの鮮やかな金髪とは違い、白っぽい金色だ。そのせいで、デイヴィスが好きそうな淡い色のドレスを着ると全体的にぼやけた印象になってしまう。それを髪形でごまかそうとしていたので、今まではできるアレンジがかぎられていた。

でも、今日は黒いドレスに濃い化粧なので、このプラチナブランドもコントラストがはっきりして見える。どんな髪形にしてもぼやけた印象になることはないだろう。

「あなたたちに任せるわ」

それを聞いたメイドたちは「結い上げましょう！」「いいえ、奥様の美しいプラチナブロンドなら下ろしたほうが！」とあれやこれや提案して騒ぎだす。

最終的には右側にシルバーの髪飾りをつけて、左側に髪を流すことで落ち着いた。

「できました！」

「お美しいです、奥様……」

メイドたちは、満足そうな顔をしている。

「ありがとう」

姿見には、デイヴィスのためではなく、自分自身のために着飾った私が映っている。

その姿は堂々としていて、とても幸せそうだ。

私は最後の仕上げに、デイヴィスが贈ってくれた結婚指輪を左手の薬指にはめた。青い宝石がついたゴールドの指輪だったけど、まぁこれも悪くない。

今の私になるきっかけをくれた彼には、とても感謝している。

身支度を終えた私が自室から出ると、なぜかデイヴィスが扉の前で待っていた。

彼は目を見開き、こちらを凝視している。

「デイヴィス。こんなところでなにをしているの？」

私の声で我に返ったデイヴィスは、「君を迎えに来たんだ」と微笑んだ。

「迎えって……。いつもは馬車の前で合流しているのに？」

私は差し出されたデイヴィスの手をとらず、ひとりで歩き出した。そのあとをデイヴィスがついてくる。

「ローザ、どうして僕にエスコートさせてくれないんだい？」

デイヴィスの言葉に私は苦笑してしまう。

「エスコートは、会場でだけ」

「え？」

「前にあなたがそう決めたじゃない」

本当にデイヴィスはうっかりしているところがある。

自分が決めたたくさんのルールをもう忘れてしまったらしい。

「そんなこと、言ったかな……」

「言ったわよ。過去の私はあなたに嫌われたくなかったから、あなたに言いつけられたことを全部書き残して、何度も読み返していたの。だから、間違いないわ。今思うと、私ったら気持ち悪い女ね。それに……」

私は、ついため息をついてしまった。

「あなたはずっと前から、そうやって私に遠まわしに『うっとうしい』『つきまとうな』と言ってくれていたのね。それなのに少しも気がつかなくて、本当にごめんなさい」

うつむいたデイヴィスからは、小さなうめき声が聞こえてくる。

「……僕は君に、他にはどんなことを言ったの？」

「ひとつも覚えていないの？」

あまりの記憶力のなさに、彼はなにかの病気なのではないかと疑いたくなる。

でも、そうじゃない。

ただ私に少しも興味がないだけなのだ。

私だって、無理やり宝石を買わせようとすりよってくる宝石商になにを言って断ったかなんて、いちいち覚えていない。

それと同じで、うっとうしい女を追い払うための言葉を、デイヴィスも覚えていないだけ。

そう考えると、彼が自分で決めたルールを忘れていることにも納得できた。

しばらく悩んだデイヴィスは「君とダンスは踊らない、とか？」と言いながら視線をそらす。

「そうね。あなたはダンスを踊らない主義なのよね」

「あれは……その、あのときは疲れていて、つい、そんなことを言ってしまっただけなんだ。ええと、だから……」

なぜかしどろもどろになっているデイヴィスに安心してほしくて、私は優しく微笑みかけた。

「心配しないで大丈夫よ。あなたは、もう私のことで疲れる必要なんてないわ。あなたの言う通り、夫婦でもほどよい距離でいることって大事よね」

私が「忘れているのなら、あなたが決めたルール、今度、見せてあげましょうか？」と提案するとデイヴィスは「……ああ」と暗い声で返事をした。

「どうしたの？　具合でも悪いの？」

私の問いに「いいや」と答えたデイヴィスは、それきり黙り込んでしまう。

彼が不機嫌になって黙り込むのはいつものことだ。

以前の私なら機嫌を直してもらおうと必死に話しかけていたところだけど、そういう行動もきっと『うっとうしい』に含まれていたんだと今ならわかる。

馬車に乗り込んだ私はすぐにデイヴィスの存在を忘れて、窓から見える景色を楽しんだ。

こんなに楽しい気分で参加する夜会は久しぶりだった。

◇◇◇

夜会に向かう馬車の中で、ローザは僕をチラリとも見なかった。

いつもうんざりするくらい僕を見つめていた瞳は、外の景色に向けられ、楽しそうに輝いている。

そんなローザとは対照的に、僕は気が滅入っていた。

今までの僕は、ローザにひどい仕打ちをしているなどと思っていなかった。

ただ『うっとうしく、つきまとってくる妻』にうんざりして、彼女を遠ざけることばかり考えていた。

その結果、ローザにひどい言葉を投げかけ、ひどい態度をとってきた。

しかもローザに同じことをされるまで、それをされた相手がどんな気持ちになるのか想像もしなかった。

夜会のパートナーである妻に向かって『会場以外ではエスコートしない』『君とダンスは踊らない』、そんなことを言う男がいるなんて信じられない。

その信じられない仕打ちを、妻にしてきたのが自分なのだ。

相変わらず僕を見ないローザの横顔は、凛《りん》として美しい。

先ほど、身支度を整《ととの》えたローザが部屋から出てきたときは本当に驚いた。まるで月の女神が舞い降りたかのようだった。

僕の妻はこんなに美しい人だったのか。

ふと、僕はローザにはじめて出会ったときのことを思い出した。

あのころは、まだ父が健在だった。僕は父の命《めい》により、ペレジオ子爵家の令嬢ローザと婚約することになった。僕の父とローザの父が大きな事業を共同で行うことになり、両家の繋がりを深くするための、よくある政略結婚だった。

当時の僕は、女性にそれほど興味がなく、誰と結婚しても同じだと思っていた。

しかし、父に紹介されたローザを見た途端に、僕は自分でも驚くくらい簡単に恋に落ちた。

その日から、ローザのエメラルドのように輝く瞳や、艶《つや》やかなプラチナブロンド、薔薇《ばら》のつぼみのように可憐な唇が脳裏《のうり》に焼きつき、離れなくなった。

自分から女性を口説いた経験がなかったので、婚約者になったローザには思いつく限りの愛の言葉をささやいた。そして、仲の良い男友達に女性が喜びそうなものを聞いては、ローザにプレゼントを贈った。

僕からのアプローチに戸惑っていたローザに「僕たちは、政略結婚だからね」と、僕との結婚を拒否できないこともさりげなく伝えた。

このときばかりは、当人同士の気持ちが関係ない政略結婚だということに感謝した。だからこそ、結婚式のときに「君を一生、大切にするよ」とローザに伝えた。

それは、僕の本心であり、生涯の誓い……のはずだった。

ローザと結婚して一年目は夢のように楽しかった。

二年目に、父が馬車の事故で死亡した。急きょ父の後を継いだ僕は、ファルテール伯爵になった。

父の死は、あまりに急だった。僕は生まれてからずっと後継者として育てられてきたが、それでも伯爵としての責任と仕事に追われ、ローザと過ごす時間が減った。

でもローザは少しも文句を言わなかった。それどころか父の急な死を一緒に悲しんでくれて、僕を支えてくれた。

三年目、ローザに仕事を押しつけたことを都合よく忘れた僕は、前年はできなかった社交に力を入れた。久しぶりに会う友人たちとの会話は楽しかったし、一緒に新しく事業をはじめようということになり、外出する日が増えていった。

屋敷に戻るのが遅くなる日が続いた。そんな僕をローザはいつでも「お疲れ様」と笑顔で迎えてくれた。

はじめは嬉しかったその出迎えが、うっとうしく感じるようになったのは、いつからだろう？

ローザはいつでも僕と一緒にいることを望んだ。

たとえ具合が悪そうでも、目の下にクマができていても。僕と一緒に朝食をとることを望んでいたし、「先に寝てほしい」と言っても僕の帰りを待つことをやめなかった。

そんなローザの献身を、僕はいつからか頻繁《ひんぱん》に外出する僕への当てつけのように感じはじめた。

具合が悪そうな妻が僕の帰りを待っていると思うと、相手にするのが面倒で、さらに帰る時間が遅くなっていった。

今のローザの瞳から僕への熱が消えてしまったように、あのときの僕の瞳からも、ローザへの熱が消えてしまっていただろう。

それだけではなく、僕は伯爵夫人の仕事をひとりで満足にこなせず、社交をおろそかにする彼女を見下すようになっていた。

その気持ちがローザへの冷遇へ繋がった。

それが……僕の勘違いが原因だなんて思いもせず。

カーンカーンと、遠くで鐘《かね》が鳴る音が聞こえて僕の思考はさえぎられた。それは夜会会場への入場開始の合図だったが、僕には教会の鐘《かね》の音を思い起こさせた。

結婚式で交わした神聖な誓いの言葉が脳裏《のうり》をよぎる。

　病めるときも、健やかなるときも
　喜びのときも、悲しみのときも
　富めるときも、貧しきときも
　妻として愛し敬い、慈しむことを誓いますか？

あのとき、はっきり「誓います」と言い切った僕は、三年も経たずしてその誓いを破った。

父が亡くなり僕が悲しみに暮れていたとき、ローザはずっとそばで支えてくれていた。

それなのに、僕はローザがつらいときに支えるどころか、あっさり手のひらを返した。

まるでお気に入りのおもちゃに飽きた子どもが、そのおもちゃを投げ捨てるように。

「……なにが『愛している』だ……。こんなに薄情な愛があってたまるか……」

思わず僕の口からもれた言葉はローザにも聞こえたはずなのに、彼女はなにも反応しなかった。

ローザはただ、ニコリと優しく微笑んで「デイヴィス、ついたわよ」と馬車が止まったことを教えてくれた。

◇◇◇

馬車が夜会の会場についた。その途端に、私たちは『お互いを思い合っているファルテール伯爵夫妻』を演じる。

馬車から先に降りたデイヴィスが私に左手を差し出した。親しそうに見えるよう、私がその手をとると、デイヴィスはなぜか泣きそうな笑みを浮かべる。

でも、もう『どうしたの？』とも『具合が悪いの？』とも思わない。

彼は私につきまとわれることを嫌がっている。彼を心配するのは私の役目ではない。

そのときふと、私たちに子どもができたら、デイヴィスは愛人をつくるかもしれないな、と思った。

いえ、もしかしたら、もうつくっていてもおかしくない。

どうして今までその可能性に思い至らなかったの？

デイヴィスの帰りが日に日に遅くなり、私の寝室に来なくなった時点で気がつくべきだった。

証拠はないけど、外に愛人がいると考えればこれまでのいろいろなことが腑《ふ》に落ちる。

この国では、基本的に貴族同士の離婚は認められていない。けれど例外はある。

結婚して五年経っても妻との間に後継ぎが生まれなかった場合。夫は妻との離婚か、あるいは愛人をもつことが許されるのだ。もちろん妻と離婚して、その愛人を新たに妻とすることも可能だ。

私たちは、今年で結婚三年目になる。

あと二年と少しの間、私に子どもができなかったら、デイヴィスは誰からも批判を受けることなく愛人を迎え、正妻にできる。そして私を捨てることも。

私は隣を歩くデイヴィスを見上げた。

いつもは視線が合わないのに、今日に限ってなぜかデイヴィスは私の視線に気がつき、「どうしたの？」と尋ねてくる。

「……いえ」

「ローザ、顔色が悪いよ。大丈夫？」

『大丈夫？』と私を心配する言葉を、デイヴィスから久しぶりに聞いた気がする。

過去の私ならデイヴィスが優しくしてくれたと喜んだところだけど、今の私は特になにも感じなかった。

そんなことより、二年後に離婚を突きつけられる可能性が高いことのほうが問題だ。

私とデイヴィスは政略結婚なので、私たちが夫婦であるというだけで、両家にとって利益がある。

愛は盲目とはよく言ったもので、そうした政略結婚で得られる利益を捨ててでも、結婚後に『真実の愛』に目覚めた男女が愛人に走ることもないわけではない。

デイヴィスは、そこまで愚かではない。貴族の役割や、自身がファルテール伯爵であるということをよくわかっている。彼はバカな選択はしない。

でも五年目の離婚はバカな選択ではなく、伯爵家の血筋を残すための、貴族として正しい行動だ。

そうなってくると、今、私がしなければならないことは、たとえ離婚することになっても生きていけるようにデイヴィスから自立すること。

私が離縁されても、実家の両親や弟は温かく家に迎え入れてくれるだろう。でも、一度家から出た身でなにからなにまで実家の世話にはなりたくない。せめて、自分にかかる費用を自分で払えるくらいの財産はほしい。

そのためには、私がファルテール伯爵夫人である間に、できる限り権力者の奥様方と友好的な関係を築いておく必要がある。自分の名義で事業をはじめるのもいいかもしれない。

結婚当初の私なら、自分で事業をおこすなんて思いつきもしなかった。

でも、一年間、デイヴィスに重要な仕事を任されて必死に勉強したので、今の私ならできるかもしれないと前向きに考えることができる。

今日の夜会は王宮主催なので、人脈づくりには絶好の機会だ。

幸いなことに、デイヴィスは私とダンスを踊らない。しかも、しばらくすると男友達のところへ行くので、私が私のために使う時間はたくさんある。

まだこちらを見ているデイヴィスに、私は心の底から微笑みかけた。

「今日の夜会、楽しみだわ」

「そう？　ならいいけど……」

私たちが会場に入ると「ファルテール伯爵夫妻、ご入場です」と係の者が声を張る。

私は淑女らしく礼をとり、デイヴィスは右手を胸に当てて軽く会釈《えしゃく》した。

そのあと、ふたりで顔なじみの夫婦や友人たちにひと通り挨拶をした。それが終わると、私はデイヴィスの左腕にかけていた右手を離す。

「ローザ？」

戸惑うデイヴィスに私は微笑む。

「男友達のところに行くんでしょう？」

「あ、いや……」

歯切れの悪いデイヴィスに「いってらっしゃい」と手をふる。

さて、私もお目当ての高位貴族の夫人を探さないと。

この前、お茶会に招いてくれたグラジオラス公爵夫人がとてもよくしてくださったから、今日もぜひともご挨拶したい。

「ローザ、待って！」

急にデイヴィスに腕をつかまれ、私はとても驚いた。

「な、なに？」

デイヴィスは、とても言いにくそうに「久しぶりに踊らない？」と誘ってきた。こういうデイヴィスの気まぐれな言動にふりまわされ、一喜一憂《いっきいちゆう》していた過去が懐《なつ》かしい。

「無理をしなくていいのよ」

私がそっとデイヴィスの手を払うと、デイヴィスはまた泣きそうな顔をする。

そこで私は、ようやく今日のデイヴィスの態度がおかしい理由に思い当たった。

王宮主催の夜会には、国中の貴族が招かれる。そこにはもちろん、私の父であるペレジオ子爵も含まれていた。

デイヴィスの提案した『理想の夫婦』は、私たちにとっては最高の関係だけど、外から見れば『妻を大切にしない夫』に見られてしまう可能性がある。

デイヴィスはきっと、そのことを理解しているのだ。私の父の目を気にして、今日は仲睦《なかむつ》まじい夫婦を演じたいのだろう。

私は背伸びをすると、そっとデイヴィスに顔を近づけた。ハッとした表情になったデイヴィスは、なぜか頬《ほお》を赤く染める。

「今日は私の父は参加していないわ。だから、無理に仲良さそうにしなくて大丈夫よ。私たちは、いつも通りでいいの」

安心してほしくて優しく微笑みかけると、デイヴィスはなぜか頭を抱えた。

もしかしたら本当に体調が悪いのかもしれないけど、彼につきまとうことを禁止されている私にはどうすることもできない。

デイヴィスだって、私の具合が悪いときになにもしなかったのだから、きっと今の彼もなにもしてほしくないはず。

私は静かにデイヴィスのそばを離れ、きらびやかな世界へ足を一歩踏み出した。

◇◇◇

僕に背を向けたローザは、まっすぐに歩き出した。

ローザの向かう先には、華やかに着飾った夫人たちが集まっている。彼女は気後《きおく》れすることなく優雅にその輪の中へ入り、自然と溶け込んでいった。

楽しそうに会話をして微笑む彼女を、僕は離れた場所から見つめることしかできない。

馬車から降りたとき僕を見つめてくれていた彼女の美しい瞳に、僕はもう映っていない。

でも、僕が彼女になにかを言う資格はなかった。今、ローザがやっていることは、すべて今まで僕がローザにしてきたことだから。

今までの僕は、夜会での挨拶まわりが終わると、ローザを残して親しい友のもとへ行っていた。

ローザとはいつでも会えるが、親友のブレアムとはこんな機会でもなければ、なかなか会うことができない。だから、ローザよりブレアムを優先することが僕の中では当たり前だった。

しかも、僕はさっきのローザのようにそのことを優しく伝えてはいなかった。うっとうしそうにローザの手を払い、無言で去っていくこともあった。

あのときのローザは、どんな顔をしていたのだろう？

彼女の顔を見ていなかった僕は、それすらわからない。

「ごめん……ローザ」

楽しそうな夜会会場でパートナーに置いていかれ、ひとりになることが、こんなに惨《みじ》めだと僕は知らなかったんだ。

うつむきながら深いため息をついた僕は、誰かに背中を叩かれた。

「どうしたんだ、デイヴィス？」

「……なんだ、ブレアムか」

一瞬、ローザが僕のもとに戻ってきてくれたのかと思ってしまった。

ブレアムは、いつものように「バルコニーに行こうぜ」とグラスを片手に誘ってきた。

「そっちの事業はどうだ？　俺のほうは……」

いつもは楽しいはずのブレアムとの会話が今日は頭に入ってこない。

意味がないとわかっていても、夜会を楽しむローザをずっと目で追ってしまう。

「デイヴィス、なにかあったのか？」

「……いや」

僕の視線を追って気がついたのか、ブレアムは「ローザ夫人を見てたのか？　お元気そうでよかった」と胸をなでおろした。

「ほら、前の夜会で俺がお前に酒を飲ませたせいで、大変なことになっただろう？　お前たちが離婚でもしたらどうしようかと心配していたんだ」

「り、こん……？」

予想もしなかった言葉を聞いて、僕の頭は真っ白になる。

「お前に限って離婚はないか。俺たちの中で一番モテていたのに、ローザ夫人に出会うまで女にまったく興味がなかったもんな。どこの令嬢がお前を落とすかって賭けになってたくらいだぜ？まぁ、お前からローザ夫人を紹介されて、皆、納得したけどな」

当たり前だ。ローザと離婚するなんて、今まで考えたことすらない。

ローザは僕の妻だし、そもそも僕たちの結婚は家同士の繋がりを深めるための政略結婚だ。それを理解しているローザが僕から離れるわけがない。

そこで僕は気がついてしまった。

『僕から離れるわけがない』とわかっているからこそ、僕はローザをないがしろにしていたことに。

そして認めたくないが、たぶん僕は、心のどこかでローザに追いかけられることに歪《ゆが》んだ喜びを感じていた。冷たくしてもなお愛してくれるローザを見て、僕のすべてを受け入れてもらっているようで満たされていたんだ。

僕の非道な行いを知りもしないブレアムは、グラスを傾けながら「今日も、ローザ夫人はお美しいな。もうすぐ俺の婚約者も社交界デビューするから、今度夫人に紹介させてくれ」と笑う。

そうだった。ローザは出会ったころから、ずっと美しかった。

結婚前はあんなに焦がれていたのに、手に入れてしまえば、彼女の美しさに慣れてしまい、僕の中で徐々に彼女の価値が下がっていった。

それでも、ローザ以外に大切な女性なんていない。

出会ったころのような熱い想いが冷めてしまっても、相手を尊重して大切にすることはできたはずだ。少なくとも、今のローザはそうしてくれている。

「僕は……なんてひどい男なんだ……」

「おいおい、どうした？　また飲んでいるのか？」

「違うんだ、僕は……僕がローザに……」

ブレアムは「ああ……」と憐《あわ》れむような声を出す。

「そうか、ローザ夫人はお前にしつこくまとわりついてくるんだっけ？　任された仕事もろくにできない社交もしない。外から見る分にはいいけど、性格は最悪、だったっけな？　違ったか？　そんな風には見えないが、執着女が妻だなんてお前もつらいよな」

ブレアムは、ローザに蔑《さげす》むような視線を送った。

その瞬間、僕はカッと頭に血が上り、気がつけばブレアムの胸ぐらをしめ上げていた。

「なっ!?　なにするんだ、デイヴィス！」

腕を払われても、ブレアムへの怒りはおさまらない。

「ローザを侮辱《ぶじょく》するな！」

ブレアムは咳込みながら「は？　侮辱《ぶじょく》って……俺はお前が前に言っていたことを言っただけだぞ？」と驚いている。

そうだ、ローザを侮辱《ぶじょく》していたのは僕自身だ。ローザを蔑《さげす》んでいたのも僕。

「違うんだ……。ローザは、そんな人じゃない……」

「なんだかよくわからんが、お前がローザ夫人のことで、追い詰められているのだけはわかったよ。俺も婚約者のワガママにいつもふりまわされているからな。まぁ彼女の場合は、そこが可愛いんだが」

ブレアムは慰《なぐさ》めるように僕の肩をポンッと叩いた。

「お前たち、結婚何年目だ？」

「……三年目だ」

「じゃあ、あと二年ちょいのがまんだな」

「二年？」

わけがわからずブレアムを見ると、ブレアムは「そう、二年だ」とくり返す。

「五年経っても後継ぎが生まれなかった夫婦は離婚できるからな。あと二年がまんすれば、お前は晴れて自由の身だ」

「よかったな」ともう一度肩を叩かれた僕はそのままフラつき、バルコニーの柵にもたれかかった。

「子どもができなかったら……離婚？」

離婚――その言葉で頭がいっぱいになる。

ローザのことをあれほど疎《うと》ましいと思っていたときでさえ、離婚したいと考えたことは一度もなかった。

それが、突然現実味を伴って襲いかかる。

「い、嫌だ！　ローザと離れるなんて、そんなの！」

「は？」

「僕は彼女を愛しているんだ！　僕が間違っていた！　どうすればいい⁉　どうすれば、また彼女に愛してもらえるんだ⁉」

「お、おい、デイヴィス？」

戸惑うブレアムに僕は泣きついた。

「お願いだ！　どうしたらいいのか教えてくれ！　このままじゃ、ローザに捨てられてしまう！」

「はぁ？　とりあえず、話してみろ。聞いてやるから」

そう言うブレアムに、僕は今までローザにしてきたことをすべて話した。

黙って話を聞いていたブレアムの顔が、みるみるうちに青ざめていく。

「ブレアム、僕はどうしたらいい？」

「あ、その……」

ブレアムは視線をそらして、こちらを見てくれない。

「なんというか……もし俺がローザ夫人だったら、お前を思いっきりぶん殴っていただろうな」

「殴られるくらいで許してもらえるなら、何度だって殴られるから！」

困った顔をしたブレアムに「いや、今さら無理だろう……」とため息をつかれてしまう。

「女は気持ちが冷めたら二度と戻ってこないって、俺の婚約者が言っていたぞ」

ポンッと優しく肩を叩かれた僕は、思わずその場にうずくまった。

足元の床がガラガラと崩れていくような気がする。

「あ、ローザ夫人、誰かと踊るみたいだな」

その言葉に弾かれたように顔を上げた僕は、ブレアムが止めるのも聞かず走り出していた。

◇◇◇

少し攻めたデザインの私のドレスは、予想外に年上のお姉様方に好評だった。

黒地に銀の刺繍《ししゅう》という落ち着いた色味は、若い子たちより年を重ねた女性のほうが上品に美しく着こなせる。

「まぁ、素敵なドレスね」

「どちらで仕立てたの？」

私はすぐにお姉様方に囲まれた。その中には、お目当ての高位貴族の奥様も含まれている。

彼女たちの質問にひとつひとつ丁寧に答えていくうち、徐々に打ち解け、輪の中に入れてもらえた。

あまりの順調さに、自然と笑みが浮かぶ。

そうしているうちに、以前、お茶会に招いてくれたグラジオラス公爵夫人が会場に姿を現した。

彼女は夫のグラジオラス公爵と一曲ダンスを踊ったあと、こちらに近づいてくる。

私を含めた貴族たちは、一斉に礼をした。

「楽しそうね。あら、あなたは……」

公爵夫人が私のほうを見て微笑む。

「ファルテール伯爵夫人ね。今日のドレスも素敵だわ」

彼女はお茶会のときも私のドレスをほめてくださった。もしかしたら、趣味が合うのかもしれない。

「よければ、今度一緒に私のドレスを選んでくださらない？」

公爵夫人は優雅に扇を広げると、私の耳元で「私の夫、センスが悪いのに私のドレスを選びたがって困っているの。私に選ばせてくれないのよ。だから、あなたが選んで私に贈ってくれたことにしてくださると嬉しいわ」とささやく。

「旦那様と仲がよろしいのですね。素敵ですわ」

私の言葉に公爵夫人は、ほぅとため息をついた。

「仲は良いのよ。でもね……あら、やだ。夫がこっちに来るわ」

公爵夫人の言葉で振り返ると、金髪で髭《ひげ》を蓄えた紳士がこちらに歩いてきていた。紳士は公爵夫人の左手に優しくふれる。

「マチルダ、もう一曲踊ろう」

「いやよ、一曲踊ったら休憩するって言ったでしょう？」

「でも、私は君と踊りたいんだよ」

困った顔の公爵夫人が私に「あなた、踊れる？」と聞いてきた。

私が「は、はい」とうなずくと、彼女は「じゃあ、私の代わりに、夫と踊ってくださらない？」

と、とんでもない提案をした。

「わ、私でよろしいのですか？」

戸惑う私に、グラジオラス公爵は「愛しい妻の推薦なら大歓迎だよ」と私を優しくエスコートしてくれた。

これはまたとないチャンスかもしれないという思いと、久しぶりに大好きなダンスが踊れる嬉しさで心が弾む。

そのとき「ローザ！」と名前を呼ばれた。

驚いて振り返ると、デイヴィスがそこにいた。

あわてた様子のデイヴィスを見た公爵は「急ぎの用かな？」と私に尋ねる。

「彼は私の夫デイヴィス・ファルテールです」と紹介し、デイヴィスには「グラジオラス公爵様とダンスを踊る栄誉にあずかったの」と説明する。

我に返ったのか、デイヴィスはあわてて公爵に頭を下げた。それを受けた公爵は「少しの間、夫人をお借りするよ」と優しく微笑む。

「行こうか」

「はい」

それからの時間はとても楽しく、あっという間だった。

公爵はダンスが大好きで、何曲でも踊りたいらしい。

「妻は私ほどダンス好きではないから、今みたいに断られてしまうんだよ。でも、妻の許可なく他の女性と踊るのは嫌なんだ。君は妻のお気に入りのようだから、これからは、私のダンス友達になってくれないかな？」

「もちろんです！」

公爵からの提案は、ダンス好きの私からすると、まるで夢のようだった。

この国の夜会では『まずはパートナーと一曲踊ってから他の人と踊る』という暗黙のルールがある。

私の場合、パートナーのデイヴィスが踊ってくれないので、他の男性に誘われても受けるわけにはいかなかった。パートナーと踊っていないのに他の男性と踊ると『夫婦仲が悪いのでは？』と勘繰られる可能性があるからだ。

しかし、自分より年上かつ身分が上の男性から誘われた場合は断るほうが失礼なので、そのルールは適用されない。なので、公爵はダンスのお相手として最高だった。

結局、公爵と三曲続けて踊り、踊ったあとに公爵夫人に「ありがとう。付き合わせてごめんなさいね」とお礼まで言われた。

あまりにすべてがうまくいきすぎて『私は夢を見ているのかしら？』と思ってしまう。

こんなことが私の身に起こるなんて信じられない。

ふわふわした気持ちで夜会会場をあとにし伯爵家の馬車に乗り込むと、そのあとにデイヴィスが馬車に乗り込んできた。

私は、そのときになって、デイヴィスと一緒に夜会に来ていたことをようやく思い出した。

今思い返せば、夜会会場から出るとき、デイヴィスにエスコートされていたような気がする。

あまりに心が浮き立って、隣にいたはずのデイヴィスまで気がまわらなかった。

馬車の中で向かいの席に座るデイヴィスはなにかを深く考え込んでいるようだ。

「ローザ……。夜会は楽しかったかい？」

「それは、もちろん！　公爵様とのダンス、とっても楽しかったわ」

私が笑顔で答えると、デイヴィスからは「そう」と返ってくる。

「じゃあさ、今度は僕とも踊ろうよ」

「え？」

デイヴィスは、無理に笑みをつくっているような不自然な表情を浮かべていた。

「あなたはダンスを踊らない主義でしょう？　急にどうし……」

デイヴィスは、「君と一緒に踊りたいんだ！」と私の言葉をさえぎる。

「あら、そうなの？」

「そうなんだ！」

気が変わったのかなんなのか。私はきまぐれなデイヴィスの言葉にあきれてしまった。

「まぁ、でも、そうね。あなたと踊ったあとなら、いろんな方と踊れるから、それもいいかもね。

わかったわ、次の夜会では踊りましょう」

私がデイヴィスに微笑みかけると、なぜかデイヴィスの頬《ほお》が引きつる。

「……君は僕と踊ったあとに、他の男とも踊るつもりなの？」

「ええ、そうよ？」

グラジオラス公爵のように『パートナー以外と踊りたくない』という人はまれで、夜会ではいろんな人とダンスを楽しむのが普通だった。

『もしかしたら、そこから広がるご縁《えん》があるかもしれない』と思うと、デイヴィスから自立したい私は嬉しくなる。

ニコニコしている私とは対照的に、デイヴィスの眉間にシワが寄った。

「じゃあダメだ。やっぱり踊らない。君とは絶対に踊らない！」

なぜか急に怒り出したデイヴィスに驚いてしまう。つい先ほど、年上で落ち着いたグラジオラス公爵を見たせいか、デイヴィスがとても子どもっぽく見えた。

デイヴィスってこんな人だったかしら？

思い返してみると、まぁこんな人だったような気もする。

今までの私はなにを言われても、なにをされても、『デイヴィスが悪い』と思ったことはなかった。『優しい彼を怒らせてしまった私が悪いんだわ』と思い、いつも自分を責めていた。

でも、グラジオラス公爵夫妻を見たあとでは、それは間違いだったとわかる。

公爵夫妻は、思っていることをきちんと伝え合っていた。

お互いに納得できないところもあるようだったけど、それを踏まえた上で、夫妻が相手を大切に思っているのが伝わってきた。

そういうことをしてこなかったから、私とデイヴィスはお互いを思い合う夫婦になれなかったのだと今ならわかる。

外に愛人がいるであろうデイヴィスとは、なにを話し合っても無理かもしれない。

それでも私は、今からでも彼に言いたいことを言ってみようと思った。

どうせ二年後には離婚されるなら、今の私に怖いものなんてなにもない。

それに逆を言えば、二年間はなにをしても彼は私と離婚することができないのだ。だったらもう好きにさせてもらう。

私は、私から目を背《そむ》けている不機嫌そうなデイヴィスに声をかけた。

彼は私を見なかったけど、そんなことはどうでもいい。

「デイヴィス、あなたのそういう気まぐれな態度、よくないわ」

そう言うと、デイヴィスはようやく私を見た。青い瞳がこれでもかと見開かれている。

「急に不機嫌になって黙り込まれるのは気分が悪いの」

「なっ⁉」

驚きすぎて言葉も出ないのか、デイヴィスは口をパクパクさせた。

その表情を見て、私は胸がスッとした。

「言いたいことを言うって気持ちがいいのね。これからは、私も思ったことを言わせてもらうわ」

うす暗い馬車の中でもわかるくらい、デイヴィスは怒りからか顔を赤くしている。

でも、デイヴィスににらまれても少しも怖くない。なぜなら、どれだけ怒ってもデイヴィスは、決して女性に手を上げないから。

今までずっとデイヴィスだけを見つめて追いかけてきた私だからこそ、彼のそういういいところも知っていた。

それにしても、相手に嫌われても好かれてもどうでもいいって、本当に怖いものなしだ。

私はデイヴィスの機嫌をとることもなく、窓の外に浮かぶ月を見上げた。

馬車をどこまで走らせても、あとをついてくる月は、簡単には切ることができない夫婦の縁《えん》のようだと思った。

第三章　向き合わなければいけない

王宮で行われた夜会から、私の人生は激変した。

グラジオラス公爵家に招かれ、本当に夫人のドレスを選ぶことになってしまったのだ。

グラジオラス公爵夫人は、訪れた私を見るなり「待っていたわよ」と笑みを浮かべて迎え入れてくれた。

まるで宮殿のような公爵邸に圧倒されていると、私の耳元で夫人がささやく。

「夫は、今日はいないから安心してね。さぁ、さっそくだけど、私のドレスを選んでちょうだい」

夫人は期待に顔を輝かせている。その瞳はまるで少女のように愛らしい。

案内された広間には色とりどりのドレスが、それこそ店のように広げられていた。

商人が持参したそれらの商品の中から、私が夫人のためにドレスを選ぶのだ。

私は夫人の魅力を最大限に引き出すドレスを、数時間かけて二着選んだ。

そしてそれとは別に、夫人のためだけに一からドレスを仕立てることを提案した。光栄なことに、夫人はそのドレスのデザインすら私に任せてくれた。

デザイン画を描くのは初めてだったけれど、夫人に似合う色やドレスのラインを想像しながら形にしていくのは、とても楽しい作業だった。

「素晴らしいわ。あなた、服飾の仕事をしていたの？」

「いえ、そういうわけでは……本当に、私の好みで選んだだけですから。でも、夫人に気に入っていただけたのなら光栄です」

夫人は「そうなの。だったら、あなたは今日から私だけのデザイナーね」と微笑む。

「まぁ、デザイナーだなんて……」

「ローザ、あなたのことが気に入ったわ。私のことはマチルダと呼んでね」

「はい、マチルダ様！」

グラジオラス公爵夫人に気に入ってもらえさえすれば、これから社交界で困ることはないだろう。

でも、人の心は簡単に変わる。

ここでマチルダを頼っても、夫のデイヴィスからマチルダに乗り換えただけで、なにも変わらない。

そんなことを考えていると、マチルダは意味ありげに微笑んだ。

「私があなたのことを気に入った理由はもうひとつあるのだけど、わかる？」

「……いえ、わかりません」

クスッと微笑むマチルダは、「私の夫に色目を使わないからよ」と教えてくれた。

「色目、ですか？」

「そう。私と夫の間には娘だけで、息子がいないわ。だから夫の愛人の座を狙う女性があとを絶たないの。でも、そういう女性はすぐにわかる。言葉には出さなくても、もう目がギラギラしていて

『狙っています！』と言っているのよ」

マチルダは「はぁ、嫌ねぇ」とため息をつくと、「ローザ、お茶にしましょう」と誘ってくれた。

「だからあなたのように、夫と純粋にダンスを楽しんでくれる方は、とても貴重なの。よければ、また夫のダンスに付き合ってあげてね」

「ええ、私でよければ」

「あなた以外はダメよ。他の女性は夫と踊ると『彼の特別になれるのでは？』と、すぐに勘違いするから」


それから私たちは、お茶会のために部屋を移動した。

お茶会の準備がされた屋敷の温室には、儚《はかな》げな少女がたたずんでいた。

こちらに気がついた少女は優雅にお辞儀をする。美しいピンクブロンドの髪が少女の動きに合わせて、サラサラと流れた。

少女に近づいた夫人は「私の娘よ」と紹介してくれる。

言われてみれば、目元がマチルダにそっくりだ。

「はじめまして、アイリスです」

「アイリス様、お目にかかれて光栄です。私はファルテール伯爵夫人、ローザと申します」

私の挨拶を受けてアイリスは、ぎこちなく微笑んだ。

そのままの流れで、彼女もお茶会に参加することになった。

マチルダとの会話はとても楽しかったけど、私は元気のないアイリスのことがずっと気になって仕方がなかった。

お茶会がお開きになり、アイリスは去っていった。

そのうしろ姿を見送ったあと、私の隣でマチルダがため息をつく。

「あの子、最近ずっとあんな感じなのよ。本当はよく笑う明るい子なのに……」

「アイリス様は、なにか心配ごとでもあるのでしょうか？」

「それが、聞いても『なんでもないわ』と言って、話してくれなくて……」

「そうなのですね……」

年若い少女が笑顔のひとつもつくれなくなるほど悩んでいるのは、見ているこちらもつらくなってしまう。

グラジオラス公爵邸から帰る馬車の中で、私はアイリスの悲しそうな表情を思い出していた。

私があれくらいの年のころ、なにを考えていたかしら？

おしゃれのこと、友達のこと、そして、恋のこと。

――私がアイリス様のお役に立てればいいのに……

そんなことを考えているうちに、馬車はファルテール伯爵邸についた。

馬車が停まると、そこにはなぜかデイヴィスが待ち構えていた。

デイヴィスは私に手を差し伸べると、わざわざエスコートして馬車から降ろしてくれる。

忘れっぽい彼は『夜会会場以外ではエスコートをしない』という自分で決めたルールをまた忘れ

てしまったようだ。

「デイヴィス、どうしたの？」

「……ローザ、こんな時間までどこに行っていたんだい？」

デイヴィスに『こんな時間』と言われて、私は空を見上げた。青空が広がり、とても気持ちがいい天気だ。出かけたのは朝早くだったから、まだ日は高い。

「私になにか用事があったの？」

「いや、そうじゃないけど……。誰と会っていたの？」

「グラジオラス公爵夫人よ」

「夫人だけ？」

「いいえ、公爵令嬢のアイリス様にもお会いしたわ」

「……そう」

デイヴィスは、なにか言いたいことをがまんするように口を閉じた。

最近のデイヴィスは、こんな顔ばかりしているような気がする。

彼の提案通りほどよい距離の夫婦関係になってから、私は毎日楽しく過ごしているのに、デイヴィスはあまり楽しそうに見えない。

もしかしたらデイヴィスには本当に愛人がいて、妻である私の存在が許せないほど、愛人に本気になってしまっている、とか？

「デイヴィス。私たち、一度話し合ったほうがいいと思うわ」

デイヴィスは、顔を青くしてゴクリと生つばを呑み込んだ。

「あとで私の部屋に来てくれる？」

「わ、わかった」

デイヴィスと一度別れ、私はメイドにワインをもってくるように指示した。

たとえ愛人がいたとして、さすがのデイヴィスも、しらふの状態でそれをペラペラ話すことはしないだろう。どうしても口を割らない場合は、彼にお酒を飲ませて真実を語らせようと考えていた。

メイドがワインを運んでくると、ちょうどデイヴィスもやってきた。彼はメイドと入れ替わりに部屋に入り、なぜかしっかり内側から鍵をかける。

そして、振り向きざまに私に向かって叫んだ。

「君がなんと言おうと、絶対に離婚はしない！」

「……え？」

予想外の言葉に私はデイヴィスをまじまじと見つめる。

「それじゃあ、愛人は……？」

「愛人⁉　愛人がいるのか⁉」

デイヴィスに両肩をつかまれて「どこのどいつだ⁉　その男を殺してやる！」と凄まれた。

「えっと、デイヴィス、落ち着いて？」

「落ち着いていられるか⁉　君にふれていいのは僕だけだ！」

酔っているのかと思ったけど、デイヴィスからお酒の匂いはしない。

「私に愛人はいないわ。愛人がいるのは、あなたのほうじゃないの？」

「僕に⁉　そんなのいるわけがない！　君は、どうしてそんなひどいことが言えるんだ⁉」

興奮するデイヴィスに、私は冷静に説明した。

「だって、あなたはだんだん帰る時間が遅くなっていったし、私の寝室にも来なくなったじゃない。外に愛人をつくったと思うのが普通じゃないかしら？」

「それは、仕事が忙しくて……」

デイヴィスは、居心地悪そうに視線をそらす。

「じゃあ、あなたに愛人はいないの？」

「いないよ！　君はどうなの？」

「いないわよ」

デイヴィスは、「はぁ」とため息をつきながら、私を抱きしめた。

「よ、よかった……。もう少しで殺人を犯すところだった」と笑えない冗談を言う。

「ローザ、愛している」

そうささやくデイヴィスの瞳には、かつて私に向けられていた熱が宿っていた。

「今日は、僕たちが寝室をともにする日なのに、君は朝から出かけてしまうし……」

そういえばそうだった。

ついこの間まではデイヴィスが忘れていたのに、今は私が忘れてしまっていた。

「ローザ、本当に愛しているんだ。僕が愛するのは君だけだよ。愛人をつくるなんて、ありえない。

信じてくれるよね？」

私は、ひとりで盛り上がっているデイヴィスを冷静に見つめていた。

デイヴィスの言葉が本当なら、この人の愛は、私が彼を愛したら冷めるのに、私が彼を愛するのをやめると燃え上がるらしい。

ということはデイヴィスの愛を受け入れれば、彼はいずれまた私をうっとうしく思うようになるはずだ。

もうデイヴィスにふりまわされるのは嫌だった。

彼の腕に抱かれながら、私は『今度の愛は、いつまでもつのかしら？』とぼんやり思っていた。

◇◇◇

寝室をともにしてから、ローザが笑わなくなった。

使用人たちには微笑みかけているので、正確には僕に笑ってくれなくなった、というべきか。

いつもニコニコと優しい笑みを浮かべてくれていたのに、今のローザは僕のほうを見ようともしない。

少しでも彼女との時間をつくりたくて、朝食の時間を合わせたり、仕事から早く戻ってきたりしたけれど、ローザとの会話が増えることはなかった。

僕にまったく興味を示さないローザを見ていると、彼女を冷遇していた自分を嫌でも思い出す。

今では僕とローザの立場は、完全に逆転していた。

ローザに冷たい態度をとられるたびに、僕は焦燥《しょうそう》にかられて、いても立ってもいられなくなる。

きっと、ローザも僕に冷たくされているときは、こんな気持ちだったんだろう。

それでも、僕と違ってローザは暴言を吐かないし、約束は必ず守ってくれた。

だから、決められた日には僕に体を許してくれるし、僕は『まだやり直せるんじゃないか？』と期待してしまう。

今日は、「話があるの」と事前に伝えられていたので、僕は執務室でローザを待っていた。

時間通りにやってきたローザは、体のラインがわかる深緑色のワンピースを身にまとい、長い髪をゆるくまとめている。とても魅力的だ。

僕は、つい先日、彼女と熱い夜を過ごしたことを思い出して頬《ほお》がゆるんだ。

「ローザ、いらっしゃい。改まってどうしたの？」

ローザがソファーに座ったので、僕もローザの隣に座る。彼女の肩に腕をまわそうとすると、

「デイヴィス、真面目な話だから」と拒まれてしまう。

「真面目な話って？」

ローザは、テーブルの上に書類を並べた。

「これは、あなたが今までに決めたルールをまとめたものよ」

そこには、『話があるときは、事前に約束をとりつけること』からはじまり、『ダンスは踊らない』や『エスコートは会場でだけ』『寝室をともにするのは月に一度の決められた日だけ』など、

ありえないルールが箇条書きにされていた。そして最後は『相手に執着せずに爽《さわ》やかでほどよい距離をたもつこと』という言葉で締められている。

「僕はなんてひどいことを……本当にごめん。こんなルールはすぐになくそう！」

そう言った僕に、ローザは「その必要はないわ」と淡々と告げた。

「なくさなくていいわ。その代わり、これからは、あなたもこのルールを守ってほしいの」

「え？」

「だって、夫婦間のルールを私だけが守っているのは、おかしいでしょう」

僕を見つめるローザの瞳は、相変わらず冷めている。

「でも……」

「デイヴィス、あなたが提案したことよ」

「そうだけど……」

戸惑っている僕に、ローザは別の書類を手渡した。

「それと、今後このルールを変えるのは、双方の合意があったときだけにしましょう。これはそのことを誓う契約書よ。違反した場合は、慰謝料が発生するわ」

「契約書に慰謝料って？　わざわざこんなものをつくったの？」

コクリとうなずいたローザは、真剣そのものだ。

僕たち夫婦の間にこんなものは必要ないと思ったが、ローザが「今後もあなたと夫婦を続けるためには必要なことなの」と真剣に言うので考えを改めた。

これを断われれば、ローザは僕と夫婦であることをやめてしまうかもしれない。

僕が書類にサインをすると、ローザはふわりと微笑んだ。その笑みの可憐さに僕は見とれてしまう。

「ありがとう、デイヴィス。はじめてあなたと対等に話せた気がするわ」

「なにを、言って……」

ローザはニコリと微笑むと、「書類の写しよ」と言って僕に書類の束を手渡した。

「この書類は、専門家立ち会いの下でつくったから、違反すると法的措置がとられるわ。軽く考えないでね」

「わかったよ」

ローザが久しぶりに笑いかけてくれたので、このときの僕は浮かれていた。

「あ、そうだ。もうすぐ僕の誕生日だけど、準備は進んでいる？」

楽しい話をしようと話題をふると、ローザの顔から笑みが消えた。

「誕生日の準備はしていないわ」

「どうして!?」

「だって、あなたは私の誕生日を祝っていないじゃない」

「それは……」

たしかに僕は今年、ローザの誕生日を祝っていない。祝うつもりもなかった僕は、いつも通り遅くまで仕事をしてから家に帰った。

プレゼントの準備もしていなかったので、ジョンが準備してくれたものを数日後に渡したような気がする。

ローザは、たった今サインをした契約書を僕に見せた。

「デイヴィス。これからは、私にだけなにかしてもらおうとするのはやめてね。伯爵夫人の務めは果たすけど、それ以外は、あなたがこれまでにしてくれたことだけをするわ。お互いにほどよい距離を守りましょう」

「そ、そんな怖い顔をしないで笑ってよ。ローザ」

ローザはクスッと笑う。

「あなた、鏡を見たほうがいいわよ？」

その言葉で、僕はハッとした。

もしかして、僕が今までローザに微笑みかけてこなかったから、ローザは笑ってくれなくなったのだろうか？

「デイヴィス。あなたの『愛』ってとても都合がいいのね。やっぱりあなたの愛が正しいわ」

ローザの微笑みは、とても美しく、どこまでも冷たかった。

そんな冷えた夫婦関係でも、僕たちは夜会の場では仲の良い理想の夫婦を演じた。

馬車から降りるローザをエスコートしながら、このときだけ僕に向けられる優しい笑みに胸がしめつけられた。

僕とローザはお世話になっている方々に挨拶を終えると、いつものように別行動をとる。

最近のローザは、グラジオラス公爵とダンスを踊ることが多い。

公爵にリードされて楽しそうに踊るローザを、僕は離れた場所から薄暗い気持ちを抱えて見つめることしかできないでいた。

本当ならローザと踊るのは僕だったし、ローザと楽しそうに微笑み合うのも僕のはずだった。

僕がローザにひどいことをしたのはわかっているし、ローザが僕に少しも興味がないことも理解している。でも本当にもうどうすることもできないのだろうか、と考えてしまう。

もしこれが結婚する前なら、別れて終わっていた。

でも僕たちは夫婦なので、離婚しない限りずっとこの関係が続いていく。

僕はもちろん別れるつもりはないが、ローザも今のところ僕と別れるつもりはないように思う。

それに関しては、僕たちが政略結婚だったことに感謝するしかない。もし、これが恋愛結婚だったなら、僕が冷たく当たった時点で、きっとローザは僕のもとから離れていた。

ローザがダンスを踊り終えた。満面の笑みで公爵に礼をすると、彼女は公爵夫人のもとへ向かった。

これまで夜会の間中、ローザをないがしろにしていた僕に、彼女が話しかけてくれることはない。

「少しいいかな？」

顔を上げると、そこには先ほどまでローザとダンスを楽しんでいたグラジオラス公爵が立っていた。僕はあわてて頭を下げる。

「バルコニーに行こう」

「はい」

公爵は落ち着いた大人の魅力があり、同性から見ても憧れてしまう。そんな彼とダンスを踊っているのだから、ローザが楽しくなるのは当たり前のように思えた。

「いつも、夫人をダンスに誘ってすまないね」

「いえ」

「ふむ」とうなずいた公爵は、「ローザ夫人にはお世話になっているから、君の悩みを聞いてあげよう」と予想外のことを言い出した。

「悩んでいないとは言わせないよ。毎回、夜会会場で会うたびに、そんな暗い顔をしているのだから」

「……申し訳ありません」

そんなに顔に出ていたのだろうか？　貴族として恥ずかしく思う。

公爵に「君はなかなかやり手のようだから、悩みは事業のことかな？」と聞かれ、僕は本当のことを言うか迷った。

以前、ローザのことを親友ブレアムに相談したら『あきらめろ』と言われてしまった。それ以降、彼にはなんとなく距離をとられているように思う。

公爵に相談して、またあきらめろと言われたら……。いや、そのときこそ、本当にローザのことをあきらめるべきなのかもしれない。

僕は覚悟を決めて、これまでのローザとのことを話した。

公爵は、途中で口をはさむことなく、「ふむ」「なるほど」などと相づちを打ちながら最後まで僕の話を聞いてくれた。

「もう今さら僕がなにを言っても無駄なんです。どれほど謝罪しても、愛していると伝えても、ローザには届かない……」

僕は黙ると公爵の答えを待った。

公爵にも、『お前が悪い、もうどうしようもない、ローザのことはあきらめろ』と言われたら、もう受け入れるしかない。

公爵夫人を大切にしている公爵に、どれほど責められるか構えていると、公爵は穏やかな口調で話し出した。

「これは、私が気をつけていることなのだがね」

そう言った公爵の表情に、僕を責めるような色はない。

「私はいつも、妻に『感謝』を伝えるようにしているよ」

「感謝……ですか？」

「そう、感謝。ようするに、ありがとう、だ」

「そんな……。僕がどれだけ謝っても愛を伝えても、見向きもされないのに……」

「だから、感謝だよ。謝罪をすれば、相手に許してほしくなる。愛を伝えれば、相手からも同じくらい愛してもらいたくなる。でも、感謝は、自分ひとりで、いつでも、どこでも、誰にでもできる。

だって、感謝はもうすでになにかをしてもらったあとだからね。『ありがとう』、それで終わりだ。そのあとで、相手が自分のことをどう思っていても関係ないだろう？」

「そう、でしょうか？　ありがとうと言えば、相手にもありがとうと言ってほしくなってしまうのでは？」

「そうだね。だったら、君がなにかをしても『ありがとう』と言ってくれない相手には、次からはなにもしなければいい」

公爵が言うことは、なんだか当たり前すぎて、しっくりこない。

でも公爵に「君は、ローザ夫人に感謝を伝えているかな？」と問われて、僕はすぐに答えることができなかった。

ローザになにかをしてもらうことが当たり前になっていて、お礼を言うという発想すらなかったことに愕然《がくぜん》とする。

思い返せば、こんなに冷えた関係になってしまった今でも、ローザは、僕が契約書にサインをすると『ありがとう』と言ってくれていた。

公爵は僕の肩をポンッと優しく叩いた。

「あまり役に立てなくてすまないね」

「い、いえ！　そんなことはございません！　公爵、ありがとうございました！」

口元をゆるめた公爵は最後に「私たちは結局、誰になにを言われようが、誰になにをされようが、自分自身が後悔しないように、精一杯生きるしかないよ。頑張りたまえ」と励《はげ》ましてくれた。

僕はバルコニーから夜会会場へ戻る公爵の背中に深く頭を下げた。

夜会が終わり、ローザと一緒に乗り込んだ馬車の中は相変わらず静かだった。

ローザは楽しそうに馬車の外の景色を眺めている。

向かいの席に座っている僕の存在なんて気にもしない。

僕は夜会での公爵の言葉を思い出していた。

急に『感謝』と言われても、なにに感謝すればいいんだろう？

僕は、夫婦仲がこんなにもこじれるきっかけになった、仕事のことを思い出した。

「ローザ、ごめん」

こちらを振り返ったローザの瞳からは、なんの感情も見てとれない。やっぱり謝罪ではダメなんだと、僕はあわてて感謝を口にした。

「ローザ、ありがとう。その……僕が一年前に体調を崩したときに、代わりに仕事を引き受けてくれて……」

ローザの翡翠《ひすい》のような瞳が大きく見開いた。

「難しい仕事だったのに、君に任せたことを忘れてごめん……。あ、いや、ありがとう。とても助かったよ」

チラリとローザを見ると、彼女は綺麗な瞳をパチパチと瞬かせていた。

「急にどうしたの？」

「どうしたんだろうね……。ただ、君にお礼を言いたくなったんだ」

公爵の言う通り、感謝には相手の反応は関係ない。ローザにどう思われようと、感謝を伝えられたことに僕は満足していた。

ローザは「あのときは、本当に大変だったのよ」とため息をつく。

「ごめ……じゃなくて！　ありがとう」

しばらくすると、ローザがクスッと小さく笑った。

「いいのよ。もう気にしないで。あなたは、あんなに難しい仕事をしてくれていたのね。ファルテール伯爵であるあなたの大変さが少しだけわかったような気がするわ。いつもありがとう、デイヴィス」

そう言ったローザの微笑みがあまりにも綺麗で、その声音《こわね》が信じられないくらい優しくて、気がつけば僕は涙を流していた。

「ローザ、ごめん……。ありがとう。僕と結婚してくれて、僕のそばにいてくれて……。こんな僕を見捨てないで、まだ僕と夫婦であろうとしてくれて……本当に、本当に、感謝しているんだ」

あふれる涙でローザの顔がよく見えない。

「デイヴィス、大丈夫？　なにか変なものでも食べたの？」

そういったローザの声は、出会ったころのように優しくて、僕はもう、それだけでいいと思った。

これからは、彼女になにも求めず、ただ感謝していこう。

デイヴィスの愛がコロコロと変わるものだと気がついてからは、私は彼に嫌悪に近い感情をいだいていた。

もうデイヴィスにふりまわされたくない。

そう強く思った私は、お互いがほどよい距離で過ごせるように契約書までつくった。それでも、彼の言動は変わらなかった。

私は彼が提案した『ほどよい距離』をたもっているのに、デイヴィスはその距離を守ろうとしない。相変わらず私に尽くされるのが当たり前だと思っているんだろう。

朝食はひとりでとりたいのに、無理にでも時間を合わせてきたり、前触れもなく仕事から早く帰ってきて、使用人を戸惑わせたりする。

それでいて私と一緒にいたがるものだから、伯爵夫人としての仕事の妨《さまた》げにもなっている。

これまであれだけ私のことを疎《うと》ましがっていたけれど、放置されるとそれはそれでさみしいらしい。

一方的に私の愛情を搾取《さくしゅ》しようとする相手のそばにいることは、とても苦痛だった。

デイヴィスに、何度謝られても、何度愛していると言われても、少しも心に響かない。

私の時間や気持ちを奪おうとするデイヴィスから身を守るには、彼を拒絶して心を閉ざすしかなかった。でも、そうするとデイヴィスは、よりいっそう私に近づいてくる。

伯爵夫人の務めとして納得していたはずの寝室をともにする日も、次が来なければいいのにと思うようになっていった。

もうこれ以上、彼と夫婦を続けるのは無理かもしれない。

そう思っていたころ、夜会帰りの馬車の中でデイヴィスは突然私にお礼を言ってきた。またいつもの気まぐれだろうと思っていたら、今度は泣き出したので、驚いた。

その日から、デイヴィスは少しだけ変わった。

私からなにかを奪おうとしてこなくなったので、私はデイヴィスを警戒しなくてよくなった。夫婦の会話はないままだけど、お互いの仕事のことでは話す機会が増えていった。

夫婦間でまめに情報交換するようになり、別々に仕事をこなしていたころより効率が上がっている。

そういう事情があって、私は書類を渡すついでに、ときどきデイヴィスの執務室を訪れるようになっていた。

執務室の扉をノックすると、中から「どうぞ」と声がする。

「いらっしゃい。ローザ」

いつも不機嫌そうな顔をしていたのがウソのように、今のデイヴィスの表情はとても穏やかだ。

デイヴィスに書類を手渡すと「すぐに確認するから、ソファーに座って待っていて」と言われた。

「この書類だけど、ここだけ修正してくれる？」

「わかったわ」

「ありがとう」

執務室では、仕事以外の会話はしない。その距離がとても心地いい。

「じゃあ、私はこれで失礼するわね」

「ローザ、待って！」

呼び止められて振り返ると、デイヴィスがソワソワしていた。

「どうしたの？」

「あ、えっと……。その、今から一緒にお茶でも……」

「仕事の話？　そうでないなら、もう行くわ」

「も、もちろん仕事の話だよ！　……あっ、そうだ！　グラジオラス公爵家の令嬢ってアイリス様だよね？」

「そうよ」

グラジオラス公爵夫妻には、相変わらずとてもよくしてもらっていた。

アイリスにもあれから何回か会ったけど、いつも暗い顔をしているので、ずっと気になっている。

デイヴィスは、「アイリス様の婚約者は、グラジオラス公爵家の私設騎士団に所属するリンデン様だよね」と私に確認した。

「そうね」

アイリスの婚約者リンデンは、侯爵家の三男らしい。跡継ぎではないため、侯爵家を出てグラジオラス公爵家の騎士になったそうだ。その真面目さからアイリスの護衛を任せられた。そのうちにお互い惹《ひ》かれ合い、愛し合うようになったと聞いている。

「アイリス様、大丈夫？」

「……どういうこと？」

デイヴィスは、「うーん」と少しだけ言い淀んだ。

「実はそのリンデン様が、街の酒場でかなり横暴なことをしているって聞いてね」

「え？　あんなに真面目そうな方が？」

以前、夜会でアイリスをエスコートしているリンデンを見かけたことがある。そのときは、アイリスを丁寧にエスコートする姿に好感がもてた。

ウワサ話がすぐに広がる社交界でも、リンデンの悪い話は聞いたことがない。

「どうして、デイヴィスはそのことを知っているの？」

「そのリンデン様が問題を起こした店というのが、僕の出資している店だからだよ」

その店は、基本的には庶民が美味しい料理と酒を楽しむための場所だそうだ。けれど、上客向けの個室も用意されているらしい。

「その個室で、金にものを言わせて無茶苦茶する客がいると店側から相談されてね。相手が貴族だから、自分たちではどうにもできないって。調べてみたら、それがリンデン様だったんだ」

「そんな……」

アイリスの暗い表情が頭をよぎる。

もしかして、アイリスは、婚約者のリンデンのことで悩んでいるのかもしれない。

「それは確かなの？　人違いや、誰かが名前を騙《かた》っているだけということだってあるかもしれないわ」

「僕もそれを疑って調べてみたけど、間違いないみたいだ。極めつけに、その客はグラジオラス公爵家の刻印がある婚約指輪をみせびらかして、『俺は未来の公爵だ』なんて言っていたって話だからね」

信じられない気持ちはあるけれど、それよりも公爵家のことが心配な気持ちのほうが強い。

私はデイヴィスの手を両手で包み込んだ。

「デイヴィス、教えてくれてありがとう」

「え？　いや……」

頬《ほお》を赤く染めたデイヴィスが、「あの、ローザ。君さえよければ、今度、一緒にその店に……」となにか言おうとしていたけど、私はそれどころではなかった。

「ごめんなさい、今からグラジオラス公爵家に行ってくるわ！」

「あ……うん……。いってらっしゃい」

わかりやすくがっくりと肩を落とすデイヴィスを、私は見なかったことにした。

先触れもなくグラジオラス公爵家を訪れた私を、夫人のマチルダは驚きながらもこころよく受け入れてくれた。

「いらっしゃい、ローザ」

「マチルダ様、ご無礼をお許しください」

私が頭を下げると、マチルダは「いいのよ、なにかよほどの事情があってのことでしょう。あなたの人柄はよくわかっているわ」と来客用の部屋に通してくれる。

メイドがお茶を運び終わると、マチルダはメイドに部屋から出ていくように伝えた。

「それで、いったいどうしたの？」

ふたりきりになった室内で、マチルダは私に尋ねた。

「実は、アイリス様の婚約者リンデン様のことでお話があるのです」

「リンデンの？」

「リンデン様が、ファルテール伯爵の出資する店で、その……問題のあるふるまいをされている、という噂を耳にしました」

マチルダは眉をひそめた。

「それで、アイリス様が落ち込んでいらっしゃる理由は、もしかしたらそのことと関わりがあるのではないかと思ったのです」

「まさか……。でも、あなたがウソをつくとは思えないわ」

マチルダの言葉に胸が熱くなる。

大切なひとり娘の婚約者の悪評など、信じたくないものだろう。私も突然押しかけた上にこんな話をして、信じてもらえなくても仕方がないと覚悟していた。

それでも、マチルダが自分を信じてくれたことが嬉しい。

「ありがとうございます。できれば、アイリス様に直接お話をうかがってもよろしいでしょうか？」

「そうね。真実がどうであれ、リンデンにおかしなウワサが立っているのをそのままにはしておけないわ」

マチルダがベルを鳴らすと、すぐにメイドが部屋に入ってきた。

「アイリスを呼んでちょうだい」

「はい、奥様」

しばらくして姿を現したアイリスは、やはり暗い顔をしている。

「ローザ夫人、ごきげんよう。お母様、なにかご用でしょうか？」

マチルダは、ちらりと私を見てからアイリスに優しく語りかけた。

「アイリス、あなたの婚約者のことだけど……」

婚約者という言葉を聞いて、アイリスの顔がこわばる。

「リンデンに、よくないウワサが立っているようなの。あなたはなにか知らないかしら？」

アイリスは、ぎゅっと両手を握りしめると、今にも消えてしまいそうな声で「……知りません」と答えた。

アイリスの思いつめた顔が、『優しい夫』の幻想を追いかけていたころの自分と重なり、苦しくなる。

「マチルダ様、アイリス様。ご無礼をお許しください」

私はアイリスの手を両手で優しく包み込んだ。

「アイリス様。リンデン様のことで、なにかあったのですね？　あなたから笑顔を奪ってしまうくらいの、重大ななにかが」

「……いいえ、なにも。本当になにもないのです」

視線をそらすアイリスの表情は苦しそうだ。

「アイリス様。現実から目を背《そむ》けても、その先に待っているのは地獄ですよ」

ビクッとアイリスの体がふるえた。

「今、向き合わないと、その苦しみは一生続くのです」

小刻みにふるえるアイリスの瞳に涙がにじむ。

「アイリス様、がまんしてはいけません」

「でも、リンデンは優しいのです。私には、とてもよくしてくれるのです」

「では、どうしてアイリス様は、こんなにも苦しそうなのですか？」

また口を閉ざしてしまったアイリスに、私は優しく続けた。

「アイリス様……。こう考えてみるのはどうでしょうか？　リンデン様に対してずっとなにかをがまんし続けるあなたと、リンデン様との間に、いつか生まれる子は……幸せになれますか？」

アイリスの瞳から涙があふれた。

「そう、ですね……そのような家族は、幸せではありませんね。わかりました。すべてお話しします」

ハンカチで涙をぬぐったアイリスは、覚悟を決めたようだった。

「先ほどもお話しした通り、リンデンはとてもよくしてくれています。でもゼルが、リンデンには裏の顔があると……」

「ゼル？」

私が聞き返すと、マチルダが「第三王子ゼラフォルド殿下のことよ。この子と殿下たちご兄弟は子どものころから交流があって、幼なじみなの」と教えてくれる。

コクリとうなずいてから、アイリスは話を続けた。

「はじめは、私もゼルの言葉を信じていませんでした。でも、会うたびに彼は真剣な表情で、リンデンを信じるな、って言うんです。私はゼルに『なにを企んでいるの？』と尋ねました。そうしたら、ゼルは悲しそうな顔をして『ただ、君に幸せになってほしいだけだ』って」

アイリスの瞳に、また涙がにじんだ。

「その日から、私は大切なリンデンを疑うようになってしまいました。素敵だと思っていた笑顔も、どこか作り物のように感じるようになって。リンデンはなにも悪くないはずなのに、どこか信じられないと思ってしまう自分がいるんです。だって、ゼルは私にいつも誠実で、ウソをついたことなんてなかったから……」

アイリスはマチルダに向き直り、頭を下げた。

「お母様、今まで黙っていてすみません。どうしても、真実に向き合う勇気がもてませんでした」

マチルダはアイリスを抱きしめると「いいのよ」と言いながら優しく頭をなでる。

「私のほうこそ、気がついてあげられなくてごめんなさいね。でも、あの真面目なリンデンに裏の顔があるなんて、私もすぐには信じられないわ。誰かがリンデンの名を騙《かた》っているだけということはないかしら？」

私はためらいながら口を開いた。

「店で暴れていた客は、グラジオラス公爵家の刻印が入った婚約指輪をもっていたと聞いています。精巧な偽物ということも、考えられないわけではありませんが……」

マチルダは悲しげに目を伏せた。ただの指輪ならまだしも、公爵家の婚約指輪ともなれば特注品だろう。そう簡単に複製できるものではない。

「実際に、店でのリンデン様のご様子を確認するのが一番かもしれませんね」

私の提案に、マチルダとアイリスは視線を交わしてからうなずいた。

「そうね。ローザ、お願いできるかしら？」

「はい、お任せください」

「よろしくね。私はこのことを夫に相談するわ」

「はい。リンデン様が店にいらっしゃったら、すぐにご連絡いたします」

私は頭を深く下げてから部屋をあとにした。

扉を閉めるとき、お互いを支えるように抱き合うマチルダとアイリスの姿が見えた。

こんな素敵な家族を悲しませるリンデンが許せない。

帰り道、私は馬車の中で深いため息をついた。

先ほどアイリスに伝えた言葉が、頭から離れない。

――アイリス様……。こう考えてみるのはどうでしょうか？　リンデン様に対してずっとなにかをがまんし続けるあなたと、リンデン様との間に、いつか生まれる子は……幸せになれますか？

それは、そのまま私自身にも言えることだった。

「私とデイヴィスの間に生まれてくる子どもは……幸せになれるのかしら？」

いくら考えても、その答えは出なかった。


屋敷に戻った私は、これからのことを考えた。

リンデンの裏の顔をあばくためには、どうしてもデイヴィスの協力が必要になる。

この件は、グラジオラス公爵家に恩を売るチャンスなので、デイヴィスは引き受けるだろう。

でも、デイヴィスを頼ることは、『ほどよい距離の夫婦関係』の枠を超えてしまうようで、私は気が重かった。

そのせいもあり、デイヴィスの執務室には向かわず、自室でぼんやりしているうちに日が暮れてしまった。メイドが夕食の準備ができたことを伝えに来る。

「わかったわ」

食堂に向かう途中で、デイヴィスと鉢合わせてしまった。

「ローザ、戻っていたんだね」

「ええ」

「どうだった？」

自然と並んで歩き出す。

「アイリス様がお元気でなかったのは、やっぱり婚約者のリンデン様のことで悩んでいたからだったわ」

「そうなんだ。これから、公爵家はどうするの？」

「デイヴィス、その件だけど……」

「そうだ！　公爵様たちに店に来てもらうのはどうかな？　説明するより、直接、リンデン様の姿を見てもらったほうがいいと思う」

私がデイヴィスにお願いする前に、デイヴィスからそう言ってくれた。彼なりに、今回のことを真剣に考えてくれているのが伝わってくる。

愛情を抜きにして考えると、デイヴィスはいいパートナーだった。友人を大切にする彼は、今の私を友達のように扱ってくれている。

「……デイヴィス、ありがとう」

「うん？　どういたしまして？」

不思議そうな表情を浮かべるデイヴィスを見て、私はつい、「もし、私たちの間に、このままずっと子どもが生まれなかったら……」とつぶやいた。

それを聞いたデイヴィスはシュンとした様子で眉を下げ、口を開く。

「ローザ……それでもいいよ。そのときは、養子を迎えよう」

デイヴィスは、私の手をぎゅっと握る。

「お願いだから、僕と離婚するなんて言わないでくれ」

この言葉を信じて受け入れられれば、どれほど楽だろう。

でも、デイヴィスは愛をささやいたその口で、私を『うっとうしい』と突き放した。私の心はズタズタに切り裂かれて、その傷はまだ癒えていない。

私は、そっとデイヴィスの手をはらった。

「優しい言葉ね。でも、ごめんなさい……。あなたの言葉を、今はまだ信じることができないわ」

最近のデイヴィスが変わったことは私もわかっている。

でも今はよくても、またいつか私を『うっとうしい』と思う日が来るかもしれない。

デイヴィスは、「……そうだね」とふるえる声で答えた。

その顔は、後悔にまみれて苦しそうだ。

「僕は本当に愚か者だよ。でも、これからは違う。僕が変わったことを証明し続けるから、どうかそばにいてほしい」

「……どうして？」

苦しそうなデイヴィスを見ていると、自然とそんな言葉が口からもれた。

「どうして、そこまで私を引き留めるの？　子どもができなかったら、離婚して新しい人とやり直せばいいじゃない。今度はきっとうまくいくわ」

もし私がデイヴィスと別れて他の男性と付き合うことになったら、最初からほどよい距離をとりつつ、うまく付き合うことができると思う。そのほうが、一度壊れてしまった夫婦間を修復するよりずっと楽そうだ。

「信じてもらえないかもしれないけど……。君のことを愛しているんだ。君じゃなきゃ、意味がない」

「愛しているのなら、どうしてあなたは私にあんなに冷たくしていたの？」

あの日の夜会、私はそれまでのすべてを否定された。

そんなに嫌なら、普段からもっとはっきり言ってほしかった。あんな風に陰口を聞かされるくらいなら、正面から嫌だと言われたほうがずっといい。

「ごめん……僕は君に甘えていたんだ。なにをしてもなにを言っても、君には許してもらえると思っていた。君の愛は変わらないって。きっと君を傷つけて、心のどこかで満たされていたんだ」

「…………」

デイヴィスは寂しそうに、小さく笑った。

「君の愛を壊してしまったのは僕だ。だから、責任をとらせてほしい」

「デイヴィス……。あなたはこの一年間、私にずっとつらく当たっていたわ。私が変わったから、今はあなたも変わったけど、でも、そうじゃなければあの関係が死ぬまで続いていたと思う。私はもうあのころには戻りたくないの。だから、今さら手のひらを返されても、受け入れることはできないわ」

デイヴィスは、泣きそうな顔をする。

「僕は君以外の女性を好きになったことがないんだ……。僕には君しかいないんだよ」

「これから別の誰かを好きになるかもしれないじゃない」

頭を抱えたデイヴィスは、ハッとなにかに気がついたように勢いよく顔を上げた。

「じゃあ、君と僕の間に子どもができたら？　そうしたら、ずっとそばにいてくれるよね？」

「そのことなんだけど……」

私はデイヴィスの青い瞳をまっすぐ見つめた。

「こんな状態の私とあなたの間に生まれた子どもは、幸せになれるかしら？」

デイヴィスは、傷ついた顔のまま静かに涙を流した。

「ごめん……そうだよね、不安だよね……。幸せにする。これからは、君も子どもも絶対に幸せにするから……」

「あなたは、それで幸せになれるの？」

デイヴィスは、必死に何度もうなずいている。

「やっぱり、まだわからないわ」

でも、涙を流しながら懺悔《ざんげ》するデイヴィスを見ていると、彼は本当に変わったのかもしれないとも思った。

私ですら変われたのだから、人は誰でも、変わろうと思えば変われるのかもしれない。


それから数日後。

ファルテール伯爵家とグラジオラス公爵家は、協力態勢をとり、頻繁《ひんぱん》に情報のやりとりをしていた。

グラジオラス公爵家には私設の騎士団がいる。その騎士団長を中心に信頼できる騎士団員たちだけで特別組織をつくり、密かにリンデンを監視しているけど、今のところ変わった様子はないらしい。騎士団員に聞き込みをしても、リンデンを悪く言う者はいないそうだ。

私はマチルダからの手紙を読みながら、ため息をついた。

もし、リンデンの正体をあばけなかったら、ウソの情報を流し公爵家を侮辱《ぶじょく》したとして、私はもちろんのこと、夫のデイヴィスまで処罰されてしまうかもしれない。

でも、デイヴィスがファルテール伯爵家を不利にするようなウソをつくわけがない。それに、第三王子のゼラフォルドも『リンデンには裏の顔がある』と言っていたというなら、リンデンには必ずなにかあるはずだ。

「ゼラフォルド殿下にお目通りを……。いえ、ダメよ。証拠がないのに、これ以上ことを大きくするわけには……」

急に目の前をなにかがよぎった。驚いた私が顔を上げると、デイヴィスが私の顔の前で手をふっていた。

「デイヴィス!?」

「ごめん、何度も呼んだんだけど、気がつかないみたいだったから」

デイヴィスは、「ローザ、これを見て」と私に書類を手渡した。

「リンデン様が、店に来た記録だよ。店が受けた被害について調べていたら、だいたい同じ間隔で来店していることに気がついたんだ」

言われて日付を見てみると、リンデンはほぼひと月毎に来店しているようだ。

「そうなると、リンデン様が次に来るのは、一週間後……？」

「おそらく、そうだろうね」

「マチルダ様にご報告しないと！」

「うん、そうだね。リンデン様は、予約をしないで急に来るそうだから、リンデン様がいつ来ても対応できるように、僕は店に『他の客から個室の予約を受けないように』と指示しておくよ」

「デイヴィス、ありがとう」

私がお礼を言うと、デイヴィスは、嬉しそうに微笑む。

「君の役に立てたなら嬉しいよ。……その、少しは僕のこと、信じてもらえそう？」

「ええ、もちろんよ！　仕事のパートナーとして、あなたのことを信頼しているわ」

「仕事のパートナー……」

デイヴィスは、複雑そうな顔をしている。

「それじゃあ、ダメかしら？」

「い、いや、いいよ！　すごく嬉しい！」

「そう？　なら、よかった」

私は、グラジオラス公爵家宛に急いで手紙をしたためた。

数日後に手紙の返信を受けとると、予想は確信へ変わる。

デイヴィスに「マチルダ様は、なんだって？」と尋ねられて、私は手紙を閉じた。

「リンデン様はアイリス様との婚約が決まってから、ひと月に一回、実家の侯爵家のタウンハウスを訪れているらしいわ。それまで騎士として暮らしてきたから、侯爵令息としてのマナーを学びに行っているそうよ。その日付と来店日が一致しているって」

「なるほど。実家に帰るついでに、街で羽目を外しているのか」

そうなると、あくまでお酒を飲んで気が大きくなっただけ、と言われて逃げられてしまうこともあるかもしれない。

「ねぇデイヴィス、店でのリンデン様はかなりひどいのよね？　それこそ、あなたが婚約者のアイリス様のことを心配するくらいに」

「そうだよ。もし、僕のことが信じられないなら、店の損害報告を見せようか？」

デイヴィスの提案を私は断った。

「それはいいわ。あなたの仕事は信じているから」

「ローザ……」

頬《ほお》を赤く染めて感動しているデイヴィスが、腕をのばして私を抱きしめようとしたので、私はスッと一歩下がってデイヴィスから距離をとる。

「デイヴィス、そういうのはいいから」

「あ、はい」

咳払いしたデイヴィスは、「じゃあ、リンデン様が侯爵家に帰る日が、店に来る日ってことだね？」と真面目な顔をした。

「そうね、必ず証拠をつかめるように、徹底的に準備しましょう」

「うん！」


あっという間にリンデンが店に来る日になった。

今日の日のために、店は表向きはいつも通り営業中だけど、実際は貸切にしてある。他に客がいないとリンデンに怪しまれてしまうかと思い、ファルテール伯爵家の使用人たちに客のふりをしてもらっている。さらに、グラジオラス公爵家の騎士団が店に潜り込み、警備をしてくれていた。

私とデイヴィスも、客を装いながら、貴族用の個室で食事をしている。

デイヴィスに「味はどう？」と聞かれたけど、緊張のせいでよくわからなかった。それよりも、質素な馬車内で待機している、アイリスのことが気がかりだった。

——お父様にもお母様にも止められたのですが……。私は、どうしても、この目でたしかめたいんです。

そう言ったアイリスの決意は固かった。

「アイリス様、大丈夫かしら？」

私がつぶやくと、デイヴィスは「公爵家の女性騎士が護衛についているから安全だよ」と励《はげ》ましてくれる。

しばらくすると、店内が騒がしくなった。

私たちは食事の手を止めて、個室の窓を少し開けた。個室は二階にあるので、一階がよく見える。

店の入り口付近で「俺は貴族だ！　個室を用意しろ」と叫ぶ男が見えた。もうすでに酔っている
ようで、夜の店で働いているのだろう色っぽい女性を両脇にはべらせている。

「まさか……あれがリンデン様？」

「そうみたいだね」

夜会で見かけた好青年なリンデンとは雰囲気が違いすぎて、とても同一人物とは思えない。変装をしているつもりなのか、綺麗に整《ととの》えていた髪を下ろし、服装もだいぶ乱れている。

店の支配人があわてて出てきて、リンデンを一番奥の個室へ案内した。

事前に打ち合わせをしていた通りだ。

その間も、リンデンはふたりの女性と恥ずかしげもなくイチャイチャしながら歩いていく。

リンデンと女性たちが個室へ消えていく様子を、私は呆然《ぼうぜん》としながら見送った。

「こんなの、アイリス様にはお見せできないわ……」

そう思ったときにはすでに遅く、裏口からフードを深くかぶったアイリスが、女性騎士と一緒に店に入ってきてしまった。

「ど、どうしましょう⁉」

「落ち着いて、ローザ」

「でも！　あんなリンデン様を見たら、アイリス様はショックで倒れてしまうかもしれないわ」

「そうかな？　アイリス様は、そんなにか弱そうな方には見えなかったけど？」

冷静なデイヴィスの言葉で、私はアイリスの覚悟を決めた瞳を思い出した。

「……そうね」

現実と向き合うと決めたアイリスは、凛《りん》としていた。

「とり乱してごめんなさい。おかげで落ち着いたわ。ありがとう、デイヴィス」

「どういたしまして。ローザっていつも冷静なのに、ときどきものすごくあわてるよね。そんなところが可愛い……」

ペラペラと話し続けるデイヴィスに、私は「静かに」と人差し指を立てた。

私たちは個室から出ると、二階に上がってきたアイリスたちと静かに合流する。

奥の個室に近づくと、リンデンの怒鳴り声が聞こえてきた。

「酒だ、酒！　早くもってこい！」

注文をとりにいった男性店員が逃げるように奥の個室から出てきた。個室を出るときに、扉を少しだけ開けておくように事前に指示を出していた。

扉の隙間から、甘ったるい女性たちの声がもれ聞こえる。

「リンデーン、またドレス買ってぇ」

「じゃああたしは宝石がいいなぁ」

リンデンは、楽しそうな笑い声を上げた。

「いいだろう、買ってやるよ！　俺は次期公爵だからな。いずれは公爵家の財産はすべて俺のものになる！」

「きゃあ、リンデンかっこいいぃ」と女性たちの歓声が上がる。

フードをかぶったアイリスが、ふるえながら自身の手で口を押さえた。それと同時に、アイリスを守っている女性護衛騎士が目に見えて殺気立つ。うしろに控えている騎士たちも、みんな、恐ろしい顔をしていた。

扉の向こうからは、さらに甘ったるい声が聞こえてくる。

「じゃあじゃあ、リンデン、私を公爵夫人にしてよぉ」

「あ、ずるーい！　あたしもぉ」

リンデンは、女性たちの言葉を鼻で笑った。

「バカか？　お前たちが公爵夫人になんてなれるわけねぇだろ？　公爵夫人は、俺だけの女神アイリスなんだよ」

「アイリス？　誰それぇ」

バシッと音がして、女性の悲鳴が聞こえた。

「ああ!?　お前ごときが、アイリスを呼び捨てにしていいと思ってんのか!?　様をつけろ、様を！」

「い、痛いよぉ」

「リンデン、ひどい……」

「お前たちなんか、この程度の扱いで十分なんだよ！　俺が愛して大切にするのはアイリスだけだ。

お前たちは金もらって、俺を喜ばせておけばいい。女神のように美しくて可憐なアイリスには、こんなことできないからな！」

バシッ、とまた殴打するような音が響く。

一連のやりとりを聞いていたアイリスは瞳をふせ、静かに涙を流した。

女性護衛騎士は、無言でアイリスに下がるように促し、うしろに控えていた騎士たちが個室の扉の前に集まる。

背の高い黒髪の騎士が、確認をとるようにアイリスに視線を送ると、アイリスはゆっくりとうなずいた。

それを合図に、騎士たちは一斉に個室に突入する。

きゃあと女性の悲鳴が上がり、リンデンは一瞬で床に倒された。馬乗りになった騎士に押さえつけられている。リンデンが連れてきた女性たちは、のちほど証言をしてもらうためか騎士たちに保護された。

「な、なんだ⁉」

そう叫んだリンデンは、目の前に立った黒髪の騎士を見て青ざめた。

「だ、団長⁉」

「見損なったぞ、リンデン」

「ちがっ、これは！」

言い訳をしようとするリンデンの前に、アイリスが進み出た。

フードを下ろしたアイリスに、リンデンが悲鳴を上げる。

「ア、アイリス⁉　どうしてこんなところに⁉」

アイリスの瞳からは、とめどなく涙があふれていた。

「違うんだ！　その、俺は、いや、私は、ここでただお酒を飲んでいただけで……」

リンデンの口の端には、真っ赤な口紅がついていた。着ている服も胸元が大きくはだけていて、誰かどう見ても『ただお酒を飲んでいただけ』ではないとわかる。

「リンデン……」

アイリスに名前を呼ばれたリンデンが、その先の言葉をさえぎるように「愛している！　本当だ、アイリスだけを愛しているんだ！」と叫んだ。

「私もあなたを愛していたわ……」

「そうだろ？　私たちは、愛し合っているんだ！」

リンデンは、たしかにアイリスを愛している。アイリスがいないところでも、彼女を女神と讃《たた》えて愛を誓うほどには。

いつの間にか涙をふいたアイリスは、「愛している」と繰り返すリンデンを静かに見下ろす。

「私は、グラジオラス公爵家を継ぐ者には、公爵家の名に恥じぬ品位を求めます。リンデン、あなたには務まりません」

「そんなっ⁉　俺は、こんなにもアイリスを愛しているのに⁉」

「どれだけ私のことを愛そうと、他の女性を虐《しいた》げる者に、人の上に立つ資格はありません」

「アイリス！　愛しているんだ！　本当だ！」

リンデンを見下ろすアイリスの態度は、公爵令嬢にふさわしい毅然《きぜん》としたものだった。

婚約者であるはずの男に向ける瞳は、罪人を見るように冷たい。

「リンデン……あなたの愛は間違っています」

「アイ、リス……？」

「二度と、私の前に現れないで」

アイリスがふらついたので、私はとっさにアイリスの肩を支えた。

「大丈夫ですか⁉」

「ローザ夫人……すみません……」

それを見たリンデンが私をにらみつける。

「そうか、お前だな⁉　お前がアイリスをこんなところに連れてきたんだな⁉　俺からアイリスを奪うなんて許さない！」

体を押さえつける騎士の下で暴れながら、リンデンは激しい怒りに満ちた目で「殺してやる！」と叫んだ。

私がアイリスを守るように抱きしめると、団長と呼ばれた黒髪の騎士がリンデンの顔面を床に押しつける。

「黙れ！　見苦しいぞ、リンデン！」

それでもリンデンは「殺してやる！」と叫び続ける。

そんな中、デイヴィスが私たちの前に出た。

「はじめまして、リンデン様。僕はファルテール伯爵家当主、デイヴィス・ファルテールです」

急に名乗ったデイヴィスにリンデンは驚いている。周囲の騎士たちも、デイヴィスの予想外の行動にあっけにとられていた。

「リンデン様は、とてもかしこいお方ですね。次期公爵の座が約束されたあなたのような目立つ方が高級娼館に通えば、貴族の間でそのことは筒抜けになります。だから、庶民が行く街の酒場の女性を口説いたんでしょう？　そこでも何度も通えば顔を覚えられてウワサになるかもしれない。だから、個室があるこの店に目をつけた。しかも羽目を外すのは騎士たちの休息日ではなく、自分が実家の侯爵家に通う日のみ。この日であれば、他の騎士の方々は通常業務にあたっているはずですから、徹底して計画的に行われています、よほどアイリス様に知られたくなかったのですね」

デイヴィスの言葉に、リンデンは「うぐっ」とうめいた。

「この店の経営者は平民だから、貴族と関わり合いがないと思ったんですよね？　でも、残念でした。ここは、貴族の僕が出資している店なんです」

「お前の……？」

「そうです。リンデン様が店で暴れるので、困った僕が公爵家に相談したのです」

「だったら、お前がっ、お前が俺からアイリスを奪ったんだな!?」

「そうですよ。それにしても……僕も大概ですが、リンデン様も、相当やらかしましたね」

「なっ!?」

デイヴィスは、場違いに微笑んだ。

「僕は結婚しているから、まだ妻にギリギリ見捨てられずに済んでいるんですけど。でも、リンデン様は終わりですね。もう二度と、アイリス様にはお会いになれない」

リンデンの顔が絶望に染まる。

「こ、殺してやる！　おまえを殺す！」

「はいはい。ああ、これまで店の損害分はリンデン様宛に請求させていただきますね。次は法廷で会いましょう」

デイヴィスは、私の腕をつかむと部屋の外へ歩いていった。アイリスも女性騎士に支えられながら、そのあとに続く。

「ま、待ってください、ローザ夫人」

呼び止められて振り返ると、目を赤くしたアイリスがハンカチで涙をぬぐっていた。

「あなた方のおかげで、リンデンの本性を知ることができました。ありがとうございます。あなたが私を助けてくださったことは生涯忘れません。ファルテール伯爵夫妻、いつでも我が家を頼ってください。これは、グラジオラス公爵家の総意です」

優雅に一礼したアイリスは、今度は、しっかりした足どりで店から出ていった。

「ローザ、大丈夫？　あとのことは騎士団に任せて、僕たちも帰ろう」

デイヴィスの提案に、私は静かにうなずいた。

私たちは、馬車の中でいつものように向かい合わせに座った。ガタゴトと馬車がゆれる。

私は気になっていたことをデイヴィスに聞いてみた。

「ねぇ、デイヴィス。さっきのことだけど……。もしかして、わざとリンデン様にあんなことを言ったの？」

「なんのこと？」と言いながらデイヴィスは私から視線をそらす。

「リンデン様の恨《うら》みが、私からあなたに向くように仕向けて、私を守ってくれたんでしょう」

「……さぁ、どうだろうね」

そう言うデイヴィスは、照れているのか頬《ほお》が赤い。

デイヴィスの行動には、たしかに誠意を感じた。だからこそ私も、その誠意に対してきちんと向き合わないといけない。

「これだけ誠意を見せてもらっても、今の私はまだ、あなたを信じることができないでいるの。またいつか心変わりするんじゃないかって。また信じて裏切られるのが怖いのよ」

それに、デイヴィスだけを追いかけていたころよりも、今のほうがずっと楽しい。自分の人生を生きているという満足感がある。

「私は、あなたから自立したいと思ってる。その思いは変わらない。そんな私の言動は、これからもあなたを苦しめて、傷つけ続けるわ」

愛している相手から、同じように愛してもらえない苦しみを私は知っている。

拒絶されるたびに胸が切り裂かれるように痛み、癒えない傷を負わされる。

「だから……」

あと二年経ったら別れましょう。

そう言うのは簡単だった。そのほうが絶対にいい。

私は『またデイヴィスの心が変わるのでは？』と疑う必要がなくなるし、デイヴィスも最初はつらいかもしれないけど、いつかきっと楽になれる。

そう、頭ではわかっている。でも。

私は覚悟を決めた。

「それでもいいのなら……。一年間、今の関係を続けましょう。一年間、私はあなたに冷遇されて、とてもつらかったわ。だから、同じ間だけ私の立場になってみてほしいの」

私と同じ苦しみを味わっても、それでも私のことを『愛している』と言うのなら。

そのとき、私はもう一度デイヴィスを信じることができるかもしれない。

「デイヴィス。あなたがこの関係に一年間耐えることができたなら、私たちはもう一度、夫婦としてやり直しましょう」

デイヴィスは、両手で顔をおおった。肩が小刻みにふるえている。

「デイヴィス、嫌なら……」

「嫌じゃない！」

顔を上げたデイヴィスは、頬《ほお》を涙でぬらしていた。

「たった一年間、がまんすればいいだなんて……。それなら簡単だよ！」

ぐしゃぐしゃの顔に笑みを浮かべるデイヴィスに対して、私の心は急速に冷えていった。

『たった一年』『簡単だよ』。そう軽々と言ってのけたデイヴィス。

私が苦しんだ日々は、そんなに軽いものだったの？

それとも謝る彼を許せず、いつまでも信じられない私の心が弱いだけなのだろうか？

「ローザ、ありがとう」

これから一年間続く苦しみを味わったあとでも、デイヴィスは変わらずにいられるのか。

私には、わからなかった。

第四章　それぞれのその後

それから数日後、公爵令嬢アイリスと侯爵令息リンデンの婚約が破棄された。

グラジオラス公爵家からは『リンデンが公爵家にふさわしくない行いをした』とだけ公表されている。

公爵家は、リンデンの実家である侯爵家に多額の慰謝料を請求したらしい。

リンデンは公爵家の騎士団から追放され、実家の侯爵家からも縁《えん》を切られて平民になった。

侯爵家としても、三男で家を継ぐ予定もないリンデンを助けて、グラジオラス公爵家を敵にまわすわけにはいかなかったようだ。

さらに、店で暴れたことや女性に暴力をふるっていたことで、今は夫のデイヴィスと裁判中だ。

こちらにはたくさんの証拠があり、複数の証人がいるので、裁判で負けることはまずない。

とはいえデイヴィスから聞いた話では、それほど重い罪にはならないということだった。

店のものを壊した分の弁償や、暴力をふるった相手への慰謝料の支払い、それからせいぜい数年の禁固刑くらいだという。

しかし、牢から出てきたリンデンにそのお金を払うあてはない。

そのため、支払い能力がないリンデンが逃げないように、罪が確定次第グラジオラス公爵家が身柄を引き受けるのだという。リンデンが被害者に支払うべきお金は、すべて公爵家が肩代わりするそうだ。

その話を聞いた私が公爵夫人マチルダに「どうしてそこまでするのですか？」と尋ねたところ、彼女は瞳を鋭くした。

「リンデン……アイツは、アイリスの護衛騎士から、婚約者になったの。だから、アイツは公爵家騎士団の内情も、アイリスや私たちの私生活のことも熟知しているわ。そんなやつを野放しにしたらどうなると思う？」

「……公爵家の情報が流出してしまう」

「そう、公爵家を敵視する人間からすれば、アイツのもつ情報は大金を払ってでも手に入れたいものなの。放っておけないでしょう？　それに……」

マチルダは、パチンと扇を閉じた。

「アイツがしたことは、ただの女遊びじゃない。グラジオラス公爵家の名に泥を塗ったのよ。なにより私たちの宝物、アイリスを深く傷つけた。飼い殺して一生苦しめてやっても気が済まないわ」

そう言って微笑んだマチルダは、ゾッとするほど美しかった。

リンデンは、これから公爵家の手によって死ぬよりつらいめに遭わされるのかもしれない。

どうなるにしろ、彼が歩むはずだった輝かしい道は永遠に閉ざされた。

リンデンの件がひと通り落ち着いたころ。

私はまた、グラジオラス公爵家に招かれていた。

お茶会の席では、いつものようにマチルダが笑顔で迎えてくれる。

「よく来てくれたわね、ローザ」

「マチルダ様。お招きくださり、ありがとうございます」

マチルダは、私がデザインしたドレスを完璧に着こなしていた。元から美しかったのが、さらに魅力的に見える。

「本当はアイリスもお茶会に参加する予定だったのだけど、急な予定が入ってしまってね」

「アイリス様はその後、いかがお過ごしでしょうか？」

リンデンの件でアイリスが落ち込んでいないか、私はずっと心配だった。

マチルダは手招きすると、私に外を見るように窓を示す。

そこには、明るく微笑むアイリスの姿があった。

「アイリスは、あの通り元気よ。あなたのおかげだわ」

笑顔のアイリスは、これからどこかへ出かけるようで、背の高い青年にエスコートされている。

「あちらの男性は？」

「第三王子のゼラフォルド殿下よ」

「あの方が……」

アイリスの幼なじみで、アイリスの幸せを願ってくれたというゼラフォルド。彼は、愛おしそうにアイリスを見つめている。

「あの、もしかして、ゼラフォルド殿下は、アイリス様のことを……」

私が遠慮がちに尋ねると、いつも落ち着いているマチルダが「そうなのよ！　もう、夫も私も驚いてしまって！」と珍しく興奮した。

「ゼラフォルド殿下はとても謙虚《けんきょ》な方でね。ご兄弟方のうしろで、いつも静かに控えているような方だったのよ。それなのにアイリスの婚約破棄が決まった途端に我が家に乗り込んできて！」

ゼラフォルドは、グラジオラス公爵の前で、『アイリスを幸せにできるのは私だけだ！　私以上にアイリスを大切に思い、愛している者はいない！』と叫んだそうだ。

ゼラフォルドが言うには、『幼いころからアイリスを思っていたが、優秀な兄たちに比べれば自分は凡人だ。凡人ではアイリスを幸せにできない』と、ずっと思っていたらしい。

しかし、アイリスの婚約者が決まると、相手の男の本性にいち早く気づき、それなのになにも手を出せない自分に強い悔しさを覚えたのだという。そうして、『アイリスを守れるようになりたい』『誰にもアイリスを渡したくない』と強く思ったそうだ。

「それで、公爵様とマチルダ様はどうされたのですか？」

私の問いにマチルダは、ため息をついた。

「そう言われても、あんなことがあって婚約を破棄したばかりの娘に、すぐに次の婚約者を、というわけにはいかないじゃない？　ゼラフォルド殿下のお気持ちはありがたく受け取って、もし、アイリス自身も望めば、とお伝えしておいたわ」

「アイリス様は、なんとおっしゃっているのですか？」

「それが……。アイリスには、まだゼラフォルド殿下のお気持ちをお伝えしていないの。殿下にもそうするように言われていてね」

リンデンの件でアイリスは、自分が世間知らずなせいで公爵家に迷惑をかけた、と強く反省したのだそうだ。

その結果、落ち込むのではなく、積極的に視野を広げるための活動をはじめた。

勉強はもちろんのこと、座学だけではなく実際に様々な場所へおもむき、多くのことを学んでいるらしい。

「あの子が積極的になってくれたことは嬉しいのだけれど、最近、異国の文化を学ぶために隣国に留学したいと言い出して……」

マチルダは、またため息をつく。

「りゅ、留学ですか？」

「そう、留学。ゼラフォルド殿下が止めてくださるかと思ったのだけど、なんと殿下まで一緒に行くと言いだして……もう大変なの」

そう言うマチルダは、困っているもののどこか幸せそうだった。

お茶会の席についたマチルダと私の前に、メイドがお茶を運んでくる。のどを潤《うるお》したマチルダは、

「でも、本当によかった……」とつぶやいた。

「あのままアイリスがあの男と一緒になっていたらと思うと、ゾッとするわ」

マチルダは、もうリンデンの名前すら呼びたくないらしい。

「ローザ、あなたのおかげよ。アイリスを助けてくれてありがとう。私たちになにかできることはないかしら？　なんでも言ってちょうだい」

「いえ、そんな。滅相《めっそう》もないことです」

「謙虚《けんきょ》はあなたの美徳だけれど、あなたにお礼をしたくて仕方ない私たちの気持ちも考えてね」

上品な笑みを浮かべるマチルダからは『いいから、なにか言いなさい』という圧を感じる。

「そう、ですね……」

私は、以前からの目標を口に出してみた。

「私は、夫に頼らず生きていけるようになりたいのです。今のところ、夫と離婚する予定はないのですが、もしそうなったとしても途方に暮れることがないように。いつか自分の力で、自分の財産を築きたいと思っています」

マチルダの瞳がきらりと輝く。

「それでは今後、あなたがすることすべてを公爵家が支援します」

「……え？」

「土地でも費用でも人材でも、好きに使っていいわよ」

「そんな……。経験がない私では、失敗して損失を出してしまうかも……」

「出してもいいわ。あなたがどんな失敗をしても、公爵家が傾くほどのお金を使うことなんて不可能なんだから。もっと気楽に考えなさい」

マチルダにそう言い切られると、そうなのかもと思えてくる。

「あなたは、それくらいの恩を公爵家に売ったのよ。それで？　ローザは、なにがしたいの？　なにをしてもいいのよ」

そう聞かれると、少女のころのようにわくわくして、胸がときめく。

「そうですね。ドレスを選んだり、デザインをしたりするのは、すごく楽しかったです。それが仕事になるでしょうか？」

「もちろん！　あなたのドレスは素敵だもの。他には？」

「他には……」

それから私たちは、夢物語のような話をたくさんした。

上機嫌になったマチルダは、「ローザ、あなたと話したいことがたくさんあるわ。今日は帰りが遅くなってもかまわないわよね？　まだ日は高いけど、ワインを飲みましょう」とイタズラっぽく微笑んだ。

◇◇◇

ローザが僕に一年間の猶予をくれてから、しばらく経った。

ローザから愛してもらえないことは苦しいけど、一年間だけがまんすればいい。そうすれば、ローザはまた僕を愛してくれる。あの約束は、僕の希望になった。

最近のローザは社交を広くこなし、公爵家の後ろ盾を得て事業にも乗り出している。それなのに、ファルテール伯爵夫人としての務めも怠《おこた》らない。

今の彼女は、誰から見ても理想的で完璧な妻だった。生き生きと過ごす彼女は、見る者をハッとさせるほど輝いている。

僕は改めて、ローザがどれほど優秀で素晴らしい女性なのかを思い知った。だからこそ、なんとしてでもこの苦しい一年間を乗り越えて、再びローザと心を通わせたい。

そんな気持ちで日々過ごしていたある日、グラジオラス公爵家のお茶会に招かれたローザは、夕方になっても戻ってこなかった。

公爵家から使いの者がきて、ローザの帰りが遅くなることを知らせてくれた。

日が暮れてもローザは戻ってこない。もしかすると、公爵家に泊まるつもりなのかもしれない。

今日の分の仕事を終えた僕は、なんとなくエントランスホールへ下りていった。

前は、いつ帰ってくるかわからない僕を、ローザは寝ずに待っていてくれた。

僕が乗った馬車の音を聞きつけて、帰宅した僕めがけてローザがかけてくる。

『おかえりなさい、デイヴィス』

はじけるようなローザの笑顔。

結婚当初は、その笑顔を見るだけで一日の疲れが吹き飛ぶような気がしていた。

それなのに、だんだんローザが待っていてくれることが当たり前になり、いつからか、僕はローザに笑顔を返すことがなくなっていった。

『おかえりなさい』と言われても、『ただいま』とも返さなくなった。

あのときのローザは、どんな気分だったんだろう？

僕は、いつ帰ってくるかわからないローザを待ってみようかと思った。

でも僕自身、ローザに帰りを待たれると、責められているような気がしたことを思い出す。

「そうだ……。僕たちは、ほどよい距離でいると契約を交わしたんだから……」

帰りを待つのは、契約に違反するような気がする。

これ以上ローザに嫌われたくない僕は、エントランスホールをあとにした。

寝室に戻ると『これが正しい選択なんだ』と自分に言い聞かせて眠りにつく。

次の日の朝、ローザは食堂に現れなかった。最近では、一緒に食事をとることのほうが少ないので、別におかしなことではない。

ジョンに「ローザは？」と聞くと「奥様は夜遅くにお戻りになり、今はまだおやすみになっています」と教えてくれた。

「そうか」

ローザは公爵家に泊まらずに帰ってきてくれたんだと思うと、それだけで嬉しくなる。

疲れて眠るローザの邪魔をしたくない。僕は食事を終えると、ローザのことを忘れるように、仕事に集中した。


数日後。

僕たちはこの日、夫婦そろって夜会に参加することになっていた。

「お待たせ、デイヴィス」

そう言いながら僕の前に現れたローザは、女神のように美しい。

今日の夜会のために準備したというローザのドレスは、彼女の気品と優雅さを引き立てていた。

でも、僕はそんな彼女を会場以外でエスコートすることはできない。

それは僕が以前、彼女をうっとうしがって言いつけたルールのせいだ。『お互いにそのルールを守る』と契約を交わしたので仕方ない。

この契約を破れば、ローザは僕のもとから去ってしまうかもしれない。だから、僕は必死に契約を守っていた。

恋焦がれる人が目の前にいるのに、決められた日以外はふれることもできず、ただ見つめることしかできない。それが今の僕だ。

馬車が夜会会場につくと、僕はようやくローザをエスコートする権利を得る。

優しく微笑みかけられ、その手にふれることが許されると、僕の胸は高鳴った。でも、彼女は僕のことなんか気にしていない。

ローザの手は僕の腕にかけられているけど、視線は常に他の人に向いている。

ローザに見つめてもらえるのは彼女の新しい交友関係で、ローザの事業に関わっていたり、その思想に賛同していたりする人たちだった。

僕の隣にいるローザが、僕以外の男に親しそうに微笑みかけるたびに、僕はいつも激しい嫉妬《しっと》と後悔に襲われた。

この笑みも彼女から向けられる好意も、元はすべて僕だけのものだったのに。

僕につきまとい、うっとうしいほど愛してくれていたローザは、もうどこにもいない。

そのことは理解しているつもりだった。

――一年間、今の関係を続けましょう。一年間、私はあなたに冷遇されて、とてもつらかったわ。

あのときは、もう一度チャンスをもらえたことに舞い上がっていた。でも、僕がどれほど彼女を愛していても、ローザからの愛は一切返ってこない。それはとても苦しくて、毎日、鋭いナイフで心を切り刻まれているような気分だった。この状態が一年間も続くのだということを、僕は正しく理解していなかった。

夜会会場で、ひと通り挨拶を終えると、ローザは僕から離れていく。

ローザの進む先にはグラジオラス公爵夫妻が待っていて、彼女を温かく迎え入れた。

今日もローザは、公爵とダンスを踊るようだ。

音楽に合わせて楽しそうに踊るローザ。美しい瞳には、今は公爵しか映っていない。きっと僕の存在すら忘れている。

でも、これこそが、僕が今までローザにしてきたことだった。

心から愛してくれるローザをないがしろにして、他の人を大切にする。ローザのことなんて見向きもしない。

今のこの状況は、僕とローザの立場が逆転しただけだ。だから、僕がローザを責める資格なんてない。

光を浴びてまばゆいほど輝く妻を、僕は遠くから見つめることしかできない。

激しい胸の痛みに耐えながら、早くこの時間が過ぎていくことだけを僕は願っていた。

◇◇◇

『一年間、デイヴィスと今の関係を続ける』――デイヴィスがこの関係に耐えられたなら、私はもう一度、デイヴィスを信じてみようと思う。

そう決めたながらも、私は内心、もしかしたらデイヴィスは、私に以前と同じような深い愛を求めてくるかもしれないと不安に思っていた。

相手を愛すれば、同じだけ愛してもらいたくなる。私を愛しているというデイヴィスは、愛を返されないこの関係に苦しむのでは？　そうなったデイヴィスは早い段階で音を上げるんじゃないか、と。

けれど、私の予想に反して、そうはならなかった。

今のデイヴィスは、私に感謝を伝えつつ、交わした契約をきちんと守ってくれている。私たちは、お互いに必要以上に干渉せず、いい距離をたもっていた。

私は相変わらずデイヴィスのことを愛していないし、心から信用することもできないでいたけど、デイヴィスが望んだ『ほどよい距離の夫婦』は、今は私の理想の夫婦像になっている。

夜会が終わり、デイヴィスと馬車に乗り込むと、私はデイヴィスに話しかけた。

「本当に、あなたの愛が正しかったわね」

デイヴィスの青い瞳が、私をジッと見つめる。

「今のあなたのことなら、私ももう一度、信じられるかもしれないわ」

「今の……僕？」

「私たち、ようやく理想の夫婦になれたんじゃないかしら？」

返事はすぐに返ってこない。しばらくしてから、デイヴィスは「……そう、だね」とつぶやき、穏やかな笑みを浮かべた。

「ありがとう、デイヴィス」

「こちらこそ、ありがとう。ローザ」

私たちは、お互いに感謝を伝えながら、微笑み合った。こんなに穏やかな夫婦関係もあるのだと、嬉しく思う。

ふたりの間に流れる沈黙が心地よく、あっという間に馬車は伯爵邸についた。

先に馬車から降りたデイヴィスが「どうぞ」と手を差し伸べる。私はその手に、自然と自分の手を添えて馬車から降りていた。

けれど私がデイヴィスの手から自分の手を離そうとすると、ギュッとつかまれた。驚いてデイヴィスを見ると、デイヴィスは穏やかな笑みを浮かべたままだった。

「デイヴィス？」

名前を呼ぶと、手は放された。

「ローザ、いい夢を」

「……え、ええ、あなたもね」

少しの違和感を覚えたものの、私は日々の忙しさに、その出来事を忘れてしまった。

第五章　私の心のままに

いつものように公爵夫人マチルダに招待された私は、グラジオラス公爵邸内で、新作のドレスデザインを見てもらっていた。

はじめてマチルダのドレスをデザインしてからというもの、私はこうして新たなドレスのデザイン画を描いては、こうして彼女に見せている。その中で気に入ったものがあれば、型紙に起こし、実際にドレスのかたちに作り上げるのだ。

デザイン画を見たマチルダは、「私は、これとこれをいただくわ」とさっそく注文してくれる。

「いつもありがとうございます」

私がお礼を言うと、マチルダは「こちらこそよ。いつも素敵なドレスをありがとう」と微笑む。

ドレスのデザイン画を返してもらいながら、私は部屋のすみにたたずむ、背の高い黒髪の騎士に視線を向けた。

「マチルダ様。今日は、なにかあるんですか？」

いつもは静かな公爵邸内が、あわただしいような気がする。

「実は、アイリスが留学する前に、まずは隣国の貴族の方々と交流することになってね。今、敷地内の別邸に泊まっていただいているの」

「ああ、それで」

隣国からの賓客《ひんきゃく》のため、警備を強化しているようだ。

マチルダは、控えている騎士を振り返った。

「紹介するわ。彼は私の護衛を務めるバルド。公爵家の騎士団長……をしていたんだけどね」

ハァとマチルダはため息をつく。

「アイリスの元婚約者……もう名前を言いたくもないけど、リンデンの正体を見破れなかった責任をとって団長をやめちゃったのよ。しかもそのまま出ていこうとするから、夫が私の護衛を命じて引き留めているの。彼、とても優秀なのよ。できれば騎士団に戻ってくれたらいいのだけど……」

マチルダがバルドに視線を送ると、バルドは礼儀正しく一礼してから口を開いた。

「騎士になりたいと志願してきたリンデンを育てたのは私です。彼がしでかしたことの責任は、私にもあります。大恩ある公爵家を裏切るようなことをしてしまった以上、このままおめおめと騎士団に戻ることはできません」

マチルダは、私の耳元で「ね？　ずっとこんな感じで困っているのよ」とささやく。

「そこでローザに相談なのだけど、どこかにバルドを落とせるような、素敵な女性はいないかしら？」

「え？」

「彼、この年まで剣一筋で生きてきたから、まだ独身なのよ。だから所帯をもてば、騎士団に戻って安定した働き方をしたいと思ってもらえるんじゃないか、って夫がね。それでいい人を探しているというわけ」

「は、はぁ……」

私は改めて元騎士団長のバルドを見た。

言われてみれば彼は、たしかリンデンをとり押さえていた騎士のひとりだ。

バルドの黒髪に黄色の瞳は、本で見たことのある黒狼を連想させた。整《ととの》った顔立ちに、落ち着いた風貌《ふうぼう》、そして鍛えられた体は、見るからに女性に好まれそうだ。

「バルド様は、女性の目を惹《ひ》きそうな方ですね」

私が素直な感想を口にすると、マチルダは「そうでしょう？　ただ本人にその気がねぇ……」と困ったように頬《ほお》に手を当てる。

「では、バルド様が好ましいと思う女性はどんな方でしょうか？」

マチルダは「どう？」とバルドを振り返る。

沈黙していたバルドは、マチルダに「答えないと怒るわよ」と言われて重い口を開いた。

「そうですね……。私は、芯の強い女性が好ましいと思います」

「もう、なによそれ。他には？　見た目はこういう女性がいい、とか」

「特に……」

そこで会話が終わってしまい、マチルダはまたため息をついた。

「悪い人じゃないの。バルドとは付き合いが長いから、もう家族みたいなものなのよ。誰かいい人がいたら紹介してね？　私を助けると思ってお願いよ」

切実にお願いをされてしまい、私は「はい」と答えたものの、特にあてはなかった。

マチルダにはいつも助けてもらってばかりだ。

そのマチルダが困っているのだから、彼女の役に立ちたい。恩返しがしたいという気持ちがあふれてくる。

そして、おそらくこの気持ちは、グラジオラス公爵家に恩を感じているという元騎士団長バルドも同じなはず。

私はマチルダに視線を送ると「マチルダ様、少しだけバルド様とお話しさせていただいてもよろしいでしょうか？」とおうかがいを立てた。

マチルダは、私の提案をこころよく受け入れてくれる。

「いいわよ。このままこの来客室を使いなさい。ああでも、男女ふたりきりはよくないわね。扉を開けたままにして付近に騎士とメイドを置いておくわ」

「ありがとうございます」

マチルダが去り、私は直立しているバルドと向かい合った。

公爵やマチルダがバルドを引き留めたいと願うのはわかる。リンデンの件では、私も彼の頼もしいところをしっかり目にした。それにこの短い時間でも、バルドが不愛想《ぶあいそう》ながらも責任感の強い、真面目な男性なのだとすぐに理解できた。

問題は、バルドのほうだ。

マチルダの話を聞く限り、グラジオラス公爵家を本心から捨てようとしているとは思えない。

私は、背の高いバルドを見上げた。

「……バルド様は、本当によろしいのですか？」

無表情のバルドからはなにも読みとれない。

「リンデン様のことであなたが公爵家を出ていくというのは、私には納得ができません」

「それは、どうしてでしょうか？」

落ち着いた低い声で尋ねられた。

私はバルドの本心をさぐるように観察しながら説明する。

「バルド様が、本気で公爵家に罪を償《つぐな》いたいと考えているのなら、公爵様やマチルダ様の意思に反して公爵家から出ていくべきではありません。もし私がバルド様のお立場なら、引き留められた時点で考えを改めて、生涯公爵家に尽くします。それが、なによりの罪滅ぼしではありませんか？」

バルドからの返事はない。

「でも、バルド様はそれをしない。となると、よほどの事情が……。たとえば、リンデン様が堕落するようにそそのかした人物を突き止めるために、とか。でもそのために公爵家から出ることを選ぶ、ということは、相手は公爵家に危害を加えられるほどの存在？　……でも、そんな相手なんて限られた方々しか……」

「そこまで」

バルドの制止で私は口を閉じた。

「あなたは、とても鋭い方ですね」

私が思いつきで適当に言ったことは、なにかしら真実にかすったらしい。

「いえ、バルド様のお立場から『自分なら』と考えただけです」

「なるほど。では、誤解が生まれないように先に言っておきますが、この件に第三王子ゼラフォルド殿下は関わっておりません」

「それは……よかったです」

公爵令嬢アイリスを愛するゼラフォルド王子が、アイリスを手に入れるためにリンデンを陥《おとし》れた──そんな可能性も、少しだけ頭をよぎったのだ。

けれどそうだとしたら、アイリスはまた深く傷ついてしまう。

バルドは「そして現段階ではすべて私の憶測であり、誰かに口外するようなことではありません」と続ける。

さらに言葉を続けようとするバルドを、今度は私が制止した。

「くわしいことは、お話しにならなくてけっこうです。ただ、私からバルド様に言わせていただきたいことがあります」

私は、バルドの誠実そうな瞳を見つめた。

「あなたが守りたいものはなんですか？　どういう事情であれ、公爵やマチルダ様を困らせるのはやめてください。今のあなたの行動はとても迷惑です」

バルドの瞳が驚くように見開く。

「簡単な方法を選ばないでください。あなたの考えた最善は、公爵様とマチルダ様を困らせている時点で最善ではありません」

こんな言い方をしたら怒らせてしまうかもしれないけど、私だってマチルダ様にため息をつかせるバルドに怒っている。

「……返す言葉がありません。どうやら、私は間違っていたようです」

しばらくの沈黙のあと、バルドは私の意見を受け入れた。

「私はリンデンを、自分の後継者として育てていました。それがあんなことをしでかしてしまい、自らの罪も同然だと、ずっと悔やんでいたんです。そのせいで、本当に大切にしなければならないものを見失っていた」

バルドは「ご指摘くださり、ありがとうございました」と深く頭を下げた。

「いえ、私はマチルダ様のお役に立ちたかっただけですから」

「……失礼でなければ、お名前をうかがっても？」

「私は、ローザです。ローザ・ファルテール。デイヴィス・ファルテール伯爵の妻です」

バルドは「それは……とても残念です」と少しだけ微笑んだ。

◇◇◇

このころの僕は、毎日のように『一年間だけがまんすればローザが戻ってくる』と、何度も自分に言い聞かせていた。

それに、ローザは今の関係に満足していて、少しずつ僕に心を開きはじめている。それは僕が求めているような男女間の愛ではなかったけど、固く閉ざされたローザの心の扉が、少しだけ開かれたのがわかる。

僕はとても苦しいけど、これはローザも味わった苦しみだから、今は耐えるしかない。

ローザはとても誠実だから、僕への愛はなくとも、常にファルテール伯爵夫人としてふるまってくれている。

だから、ローザは浮気もしない。ローザを抱けるのは自分だけだし、ローザにとっての男が自分だけであることに、僕は喜びを感じていた。

……あの男が現れるまでは。

王宮主催の夜会で、僕はいつも通り、グラジオラス公爵と楽しそうにダンスを踊るローザを見つめていた。

まだ心のどこかでは、公爵をうらやましいと思ってしまうけど、ローザは公爵以外の男とは踊ろうとしない。それで満足するべきだと、僕はなんとか湧き上がる嫉妬《しっと》心を呑み込んでいた。

そんな僕に、どこか見覚えのある男が近づいてきた。

「ファルテール伯爵、ですね？」

そう僕に声をかけた背の高い男は、ひとめで『騎士だな』とわかる体つきをしている。

「私はグラジオラス公爵家の騎士団長を務めておりました、バルドと申します」

「ああ」

言われてみれば、リンデンの件で騎士たちを指揮していた男だった。

公爵家から騎士団長を任されていたということは、彼も貴族だろう。僕はバルドと名乗った男に礼をした。

「そのバルド卿が、僕になんの用ですか？」

「実はあなたにお願いがあってまいりました。このあと、夫人と少しだけお話をさせていただけないでしょうか？」

「ローザと？」

「はい。実は、以前彼女に助言をいただいたので、お礼を伝えたいと思いまして」

ローザはこんな男にまで優しくしていたのかとあきれてしまう。

バルドは「もちろん、ファルテール伯爵も同席してくださってかまいません」と付け加えた。

「そうですね。同席させていただきます」

こんな男とローザをふたりきりにするわけにはいかない。

僕たちは公爵とのダンスを終えたローザに声をかけると、休憩室へ向かった。

ダンスのあとで頬《ほお》を上気させているローザは、「楽しかったわ」と言いながら自然な仕草で僕の腕に手をまわす。エスコートのためだとわかっていても、そのことが嬉しくて仕方ない。

休憩室につくと、僕とローザは並んでソファーに座った。バルドはその向かいに腰を下ろす。

「改めまして、ファルテール伯爵夫人。その節はありがとうございました」

頭を下げるバルドに、ローザは「そんな、お顔を上げてください」と戸惑っている。

そのやりとりを見て、ふたりがたいして親しくないのを察し、僕は安堵《あんど》した。

顔を上げたバルドは、ローザを見つめた。

「私はあの後、騎士団長への復帰は辞退しましたが、公爵家に残ることを決めました。今後も、グラジオラス公爵家に誠心誠意お仕えしていこうと思います」

「それは、よかったですわ」

ローザはニコニコと微笑んでいる。

「それから……例の件も、方法を変えて探っていきます。公爵家の未来のために、このままにしてはおけませんので」

バルドは言葉を濁《にご》しているが、公爵家のために生きると宣言しているようだ。ローザも公爵夫妻を敬愛しているので、その関係でふたりが知り合ったのだとわかった。

心配することはなさそうだと思った瞬間、バルドが笑みを浮かべた。

「すべてあなたのおかげです」

そう言ったバルドの瞳には、熱がこもっていた。それは、向けられたローザ本人も気がつかないほどかすかなものだったが、ローザに恋焦がれる僕にははっきりわかった。

この男は、ローザに好意を寄せている。

そして、ローザはそのことにまったく気がついていない。

「私は引き続き、マチルダ様の護衛にあたっておりますので、またどこかでお会いしたときは、よろしくお願いいたします」

バルドはそう告げると、あっさり去っていった。

僕の隣でローザは「わざわざお礼を言いに来るなんて律義《りちぎ》な人ね」とつぶやいている。

いや、それは違う。おそらくあの男は、僕を見にきたんだ。ローザの夫がどんな男なのか知りたくなって声をかけた。

それは、既婚者のローザをあきらめるための行為かもしれないし、僕からローザを奪うための行為かもしれない。

どちらにしろ、あんな男がいるグラジオラス公爵邸に、二度とローザを行かせるわけにはいかない。

僕はあせる気持ちをおさえて、ローザに微笑みかけた。

「ねぇ、ローザ。一度、ファルテール伯爵領に戻りたいんだけど、どうかな？」

僕たちが今住んでいる屋敷は、王都の中心部にあるタウンハウスと呼ばれるもので、僕が治めるファルテール伯爵領は、ここからより離れた場所にある。

多くの貴族は、社交シーズンになるとタウンハウスへ、シーズンが終われば領内へと行ったり来たりするが、僕たちは一年のほとんどをタウンハウスで過ごしていた。

僕の急な提案にローザは驚いたようだ。

「え？　今、戻るの？」

「うん」

ローザは「少しだけ考えさせて」と即答を避《さ》けた。

「どうして？」

「だって、今は王都でやりたいことがたくさんあるもの。もし急ぎだったら、あなただけ先に戻ってくれないかしら？」

「そう……なら仕方ないね」

ローザは「ごめんなさい」と申し訳なさそうにしている。

「ううん、いいよ」

「デイヴィス……ありがとう」

「仕方ないよ」

そう、仕方ない。

僕はその場では、なんとか笑みを浮かべて『妻への理解がある夫』を演じた。

でも心の中では、バルドへの嫉妬《しっと》とローザを奪われたらどうしようという不安が混ざり合い、激しく渦巻いていた。

◇◇◇

グラジオラス公爵家の協力を得てはじめた服飾の事業は、驚くほど順調だった。

今では、大通りの一等地に、私の立派な服飾店が建っている。

そこではオーダーメイドのドレスを扱っていて、注文が途切れることはない。

従業員には平民出身の人もいるけれど、公爵家が認めた優秀な人ばかり。みんな、経営初心者の私を侮《あなど》ることもなく、誠実に働いてくれている。

貴族の多くは私のことを『ファルテール伯爵夫人』と呼ぶけれど、ここではみんな『ローザ様』と呼んでくれるのがとても新鮮だった。

そんな中、従業員のひとりが営業時間中に倒れたという報告が入った。

幸いお客様が途切れた時間だったので、大きな騒ぎにはならなかったらしい。

ファルテール伯爵夫人でもある私は、ずっと店にいるわけではない。報告を受けたそのとき、私はファルテール邸内にある自分の執務室で仕事をしていた。

報告を受けて、あわててその従業員に会いに行く。

もしかしたら、私のスケジュール管理が悪いせいで、従業員に無理をさせていたのかしら？

馬車での移動中、私はそんな不安でいっぱいだった。

到着したのは、公爵家が建ててくれた従業員専用の寮だった。そこは田舎から出てきた者や、王都に家がない者のためにつくられた施設だ。

私が寮に入ると、寮の管理を任せている寮母が人のよさそうな表情で、「こちらです」と案内してくれる。

案内された部屋では、栗色の髪の若い女性がベッドで眠っていた。公爵令嬢アイリスと同じくらいの年ごろに見える。

静かにベッドに近づくと、寮母が「ローザ様、これを見ていただけますか？」と言いながら、ベッドで眠る女性の袖《そで》をまくった。

そこには、痛々しい青アザができている。

「これは……？」

「楽な服に着替えさせるために脱がせたら、こんなアザが体中にあったんです」

寮母は、今にも泣き出してしまいそうだ。そんな寮母の肩を支えながら、私は部屋の外に出た。

「お医者様は、なんて言っていたの？」

「あのアザは、殴られてできたものだろうって」

「殴られた⁉　誰に？」

寮母は「わかりません」と首を左右にふる。

「この寮に住んでいる子ではないんですだから、私もなにもわからなくて……」

「わかったわ。この件は私のほうで調べるから、あなたはあの子のお世話をお願いできるかしら」

「はい」

そう伝えて、私は寮をあとにした。その足で店に行き、他の従業員をひとりずつ呼び出して、倒れた従業員の話を聞く。

その中のひとりが、「ああ、ハンナですね。あの子、結婚してますよ」と教えてくれた。

「結婚？　ということは、倒れたハンナさんは、旦那さんと一緒に暮らしているということかしら」

「はい」とうなずいたあとで、従業員は声をひそめる。

「でも、ここだけの話。あの子の旦那、働きもせずに昼間から酒ばっかり飲んでいるみたいで」

嫌な予感がする。

「もしかして……夫から暴力をふるわれていた、という話は聞いていない？」

従業員は「それは聞いたことないですけど。あ、でも、あの子いっつも『彼には私がいないとダメなの』って言ってましたから、夫婦仲は良いんだと思いますよ」と微笑んだ。

そう言われても、なぜか安心できない。胸の奥にモヤモヤしたものが溜まっていて、不安になる。

他の従業員に話を聞いても、それ以上のことは誰も知らなかった。

ファルテール邸に帰る馬車の中で、何度もため息をついてしまう。

私は経営者として、倒れた従業員にどう向き合うべきかしら？

その答えは、いくら考えても出てこない。


「ローザ」

ハッと我に返ると、テーブルの向かい側で夫のデイヴィスが心配そうな顔をしていた。そういえば、自宅に戻り夕食の最中だったことを思い出す。

「顔色が悪いけど、大丈夫かい？」

「……ええ」

私はふと、デイヴィスがいくつもの事業を手がける経営者であることを思い出した。

デイヴィスに相談すれば、心のモヤモヤが晴れるかもしれない。

こちらから夫婦の距離をつめるのには抵抗があったけど、今はどうしても経営者としてのデイヴィスの意見が聞きたかった。

「ねぇ、デイヴィス。少し相談に乗ってほしいのだけど……」

その途端にデイヴィスの顔が、パァと嬉しそうにほころぶ。

「も、もちろんだよ！　いつでも大歓迎さ！　あ、そうだ、ここではなんだから、このあと僕の部屋においでよ。ワインでも飲みながらじっくり君の話を聞くよ！」

わざわざデイヴィスの部屋に行ってワインを飲みながら？

そんな気持ちにはなれなかったけど、今回は大人しく従うことにした。

食事を終えて、デイヴィスの部屋に向かうと、デイヴィスは両手を広げて歓迎してくれた。

テーブルの上には、すでにワインとワイングラスが準備されている。

「さぁ、ローザ。入って」

デイヴィスに促されるままに、部屋に入りソファに座る。デイヴィスはすぐに私のグラスにワインを注いでくれたけど、私は口をつけずに話しはじめた。

「デイヴィス、経営のことなんだけど……」

「なんだい？　なんでも聞いてよ」

ニコニコしながらデイヴィスは、そう言ってくれる。

「実は……」

私は今日、店で倒れた女性従業員のことをに打ち明けた。「それで？」と相づちを打ちながら、彼は最後まで話を聞いてくれる。

聞き終えたデイヴィスは「うーん」と言いながらワイングラスを傾けた。

「おそらく君の予想通り、夫から暴力を受けているんだろうね」

デイヴィスの言葉を聞いて『まさか』と思う気持ちと『やっぱり』と思う気持ちが私の中に同時に沸き起こる。

「赤の他人から体中にアザができるくらいの暴力をふるわれたら、普通は加害者を訴えるだろう？そうしないということは、親しい者からの暴力だと僕は思うよ」

「私は、どうしたら……」

デイヴィスは立ち上がると、そばに来て私の手にそっとふれた。

「ローザ、君は優しすぎるよ」

「え？」

こちらを見つめるデイヴィスの青い瞳は、心配そうにゆれている。

「だって、今のはただの従業員の話だろう？」

「そう、だけど……？」

「しかも、平民の既婚者だ。ローザ、この国の法律では、夫婦間の問題に他人が入れないことは知っているよね？」

この国では結婚すると、女性は男性の庇護《ひご》下に入るという意識が強い。そう言えば聞こえがいいけど、ようするに守って養ってやっているんだから妻は夫の所有物だ、とされているのだ。

だから夫婦の間でなにか問題が起ころうと、基本的には当人同士で解決すべきとされている。

ようするに、ほとんどが妻側の泣き寝入りだ。

貴族間では妻側の実家の後ろ盾があるのでそこまで問題にならないけど、平民の間では、『妻は夫の所有物』という意識がより強いらしい。

だから結婚したものの夫の横柄な態度に耐え切れず、妻が修道院に逃げ込んだなんて話は少なからず聞いたことがある。

私はデイヴィスを見つめ返した。

「なら、あなたはこういうとき、どうするの？」

デイヴィスの手が、私の手の甲を優しくなでる。

「僕？　僕ならなにもしないよ」

「なにも？」

「そう、なにもしない」

いつの間にかデイヴィスの手は、私の手を握っている。

「だって、夫婦間の問題はどうしようもないじゃない」と言いながら、愛おしそうに私の手のひらに唇を落とそうとしたので、私はあわてて手をふり払った。

「デイヴィス、今は真面目な話をしているの」

デイヴィスは、困ったように眉を下げる。

「でもローザ。この件は、どうすることもできないだろう？」

「そうかもしれないけど。アイリス様のときは、あんなに真剣に相談に乗ってくれたのに……」

クスッとデイヴィスは微笑んだ。

「だってそれは、アイリス様はまだご結婚する前だったし、なにより彼女は公爵令嬢だもの」

「じゃあ、もうすでに結婚してしまった平民を助ける方法はないってこと？」

「そうだね。夫婦の問題は、夫婦間で解決するべきだよ。他人が口を挟むものじゃない」

デイヴィスは、なにも間違ったことを言っていない。だけど、私の心のモヤモヤは少しも晴れない。

「ローザ。そんなことより、もっと大切なことがあるんじゃないかな？　例えば、僕たち夫婦の時間を大切にする、とか……」

熱をもった瞳を向けられても、私はなにも感じなかった。

それよりも私の悩みを『そんなこと』の一言で片づけられてしまったことがひっかかる。

私は「話を聞いてくれてありがとう」と形だけのお礼を伝えて立ち上がった。

あわてたデイヴィスが、「あのさ、仕事は大切だけど、優先順位を間違えないでね」と言った。

優先順位――それはどういう意味なのだろう。

デイヴィスはいつも仕事を最優先にして、私との時間をなくそうとしていた。それなら、夫婦の時間はこれからもっと減らしていいということかしら？

だとしたら、先ほどの『夫婦の時間を大切にする』という言葉と矛盾している。

「僕は、いつでも君の相談に乗るから！」

デイヴィスはそう言ってくれたけど、私がデイヴィスに相談することは、もうないと思った。

次の日。私は新しいドレスのデザインを公爵夫人マチルダに届けるために、グラジオラス公爵邸を訪れていた。

客室に案内された私のもとに、元騎士団長のバルドが現れる。バルドは、今はマチルダの護衛をしている。

「ファルテール伯爵夫人、お久しぶりです」

そう言いながらバルドは礼儀正しく頭を下げた。

「お久しぶりです。バルド様」

私が軽く会釈《えしゃく》を返すと、バルドはすぐに用件に入った。

「つい先ほどマチルダ様に急用ができまして、こちらに来るのが遅れてしまうとのことです。二時間ほどかかってしまうのですが、それでもよければ待っていてほしい、と」

「はい、もちろんです。このまま待たせていただきます」

こういうことにも対応できるようにと、マチルダに会う日は、時間に余裕をもつようにしている。

とはいえ待っている間の二時間、なにをしようかしら？

私がそんなことを考えていると、メイドがお茶を運んできた。テーブルには、ふたり分のティーセットが並べられる。

メイドには、マチルダが遅れることが伝わっていなかったようだ。

「あ、マチルダ様はまだいらっしゃらないそうよ」

私がそう伝えると、メイドは「そうなのですか？」と戸惑っている。

ここがファルテール伯爵邸ならメイドに『捨てるのはもったいないから、一緒にお茶にしない？』と誘っているところだけど、グラジオラス公爵家のルールがわからないのでそういうわけにもいかない。

どうしようかと考える私の向かいの席の椅子を、バルドが引いた。

「よろしければ、ご一緒させていただいても？」

「え？　あ、はい……」

驚く私にバルドは「実はマチルダ様より、貴女を退屈させないようにと仰《おお》せつかっておりまして」と微笑んだ。

「そうだったのですね」

マチルダの心遣いが嬉しい。メイドが淹《い》れてくれたお茶もバルドが飲めば無駄にならないので、よかった。

私は、向かいに座ったバルドをそれとなく観察する。

黒髪に黄色い瞳は、相変わらず黒狼を彷彿《ほうふつ》させるような、獰猛《どうもう》さを秘めているように見える。

けれど、カップを口元に運ぶ仕草はとても上品だ。

「バルド様は、所作《しょさ》がとても綺麗ですね」

思ったままに伝えると、バルドは少し気まずそうな顔をする。

「そうでしょうか……」

「ご不快でしたか？」

男性、しかも騎士である彼に対して『所作《しょさ》が綺麗』は失礼な発言だったかもしれない。私があわてていると、バルドはかすかに微笑んだ。

「いえ、そんなことは。私は貴族の出なので、どうしてもこういう場では、かつて躾《しつ》けられた通りにしなければと思ってしまうのです。団員たちには『もっと気楽にやりましょう』と言われていたのですが、幼少期からの習慣はなかなか抜けません」

聞けばバルドは伯爵家の三男だったそうだ。跡継ぎでもないので家を出て騎士になり、公爵家の騎士団長にまで登りつめた。

その話を聞いた私は、公爵令嬢アイリスの元婚約者リンデンのことを思い出した。リンデンも侯爵家の三男だったけど、家を出てグラジオラス公爵家の騎士団に入った。アイリスの護衛をつとめているうちに、ふたりは愛し合うようになったと聞いている。

もしかすると、バルドは境遇が似ているリンデンに、少なからず親しみをもっていたのかもしれない。なんにせよ、バルドなら部下を大切にしそうに思えた。

そこで私はふと、自分の最近の悩みを思い出した。

——夫から暴力をふるわれているかもしれない従業員を、経営者としてどうすればいいのか？

同じ経営者であるデイヴィスに相談しても、私の心は晴れなかった。バルドは経営者ではないけど、たくさんの部下をもつ騎士団長だった人だ。

私がちらりとバルドを見ると、バルドは小首をかしげた。

パッと見は体が大きくて気難しそうなバルドだけど、こういう仕草をすると妙に親近感が湧いてくる。

「実はバルド様に、ご相談したいことがあるのですが……」

バルドは、「なんなりと」と言いながら優しそうな笑みを浮かべた。

マチルダは、バルドのことを『不愛想《ぶあいそう》』と言っていたけど、こうして話してみるとそんなことは少しも感じない。

私が、店の従業員が倒れたこと、もしかするとその従業員が夫から暴力を受けているかもしれないことを話している間、バルドはとても真剣な表情だった。

「なるほど、それであなたは、その従業員を助けたいのですね？」

「え？」

バルドの言葉に私は驚いた。助けたいかと聞かれればそうだけど、この国の法律では助けることができない。

返事をしない私にバルドは「助けたい、という話ではないのですか？　私にはそのように聞こえましたが」と言葉を重ねた。

「助けたいです。でも」

「でも？」

夫のデイヴィスには、はっきり『どうすることもできない』『他にもっと大切なことがある』と言われてしまった。私もその意見が間違っているとは思わない。

「私に、この問題を解決することなんてできるのでしょうか？　悩んでもどうしようもないことなのでは？」

バルドの瞳が優しく細められた。

「偶然出会った私に相談してしまうくらい、深い悩みなのでしょう？　ならばすぐにでも解決するべきです。問題は、きちんと解決しないと。この件は、今あなたの中の最優先事項ですよ」

バルドの言葉で、ずっと鬱々《うつうつ》としていた心が軽くなったような気がする。

「そう……そうですよね⁉　ありがとうございます、バルド様！」

嬉しくなった私は椅子から立ち上がり、思わずバルドの右手を両手で握りしめた。バルドが大きく目を見開いたので、あわてて手を離す。

「申し訳ありません！　嬉しくってつい」

「い、いえ」

コホンと咳払いをしたバルドは、どこか気まずそうな顔をしていた。

そんなバルドを見て、私は申し訳ない気持ちでいっぱいになる。

いくら嬉しかったからといっても、夫以外の男性に馴れ馴れしくしてはいけない。これからは、もっと気をつけてバルドと距離をとらないと。

そんなことを考えながら、私はバルドの話に耳を傾けた。

「今のお話を聞く限り『従業員が夫から暴力を受けている』というのは、まだ憶測の域を出ません。

問題解決に必要なのは、現状を正しく把握することです。ですので、本当にそうなのかを調べる必要があります」

「そうですね」

バルドの言うことはもっともだ。彼と話していると、心だけではなく頭の中もスッキリと晴れていくようだった。

バルドの誠実そうな瞳が、こちらを見つめている。

「倒れた従業員は、目を覚ましましたか？」

「はい。今朝、寮母から目を覚ましたと手紙が届いておりました。マチルダ様にお会いしたあとに、お見舞いに行こうかと……」

「ちょうどいい。では、今から私と一緒にその従業員に会いに行きましょう」

そう言って椅子から立ち上がったバルドを、私はポカンと口を開けて見つめた。

「え？　今から……ですか？」

戸惑う私をよそに、バルドは部屋の隅に控えていたメイドを呼ぶ。

「女性用の乗馬服を準備してくれ」

「はい、かしこまりました」

バルドはこちらを振り返ると「乗馬経験はありますか？」と尋ねてきた。

「い、いいえ。馬に乗ったことはありません。その、あの、もしかしてバルド様は、今から寮に向かうおつもりですか？」

「はい」

「ここでマチルダ様を待たずに？」

「マチルダ様のご到着まではあと一時間以上あります。馬でなら馬車での移動より速い」

それならたしかにマチルダが屋敷に戻ってくるまでに終えられるかもしれないけれど、あまりの急展開についていけない。

私がオロオロしている間に、メイドが乗馬用の服をもってきてしまった。

バルドは「では、私は外に出ています」と部屋から出ていこうとするので、私はあわててバルドを呼び止めた。

「ちょ、ちょっと待ってください！」

振り返ったバルドは、不思議そうな顔をしている。

「すみません、あまりに急すぎて」

夫のデイヴィスも自分勝手なところがある。世の男性は、みんなこんな感じなの？

そう思った私は、思わずバルドを責めるようなことを言ってしまった。

「バルド様が、こんなに強引な方だったなんて……」

ハッとしたバルドは、自身の手で口元を押さえる。

「申し訳ありません。あなたに恩返しができるかもと思うと、気が急《せ》いてしまいました」

大きな手でも隠し切れないバルドの首元や耳が赤く染まっている。

「恩返し？　なんのことですか？」

バルドに恩を売った記憶なんてこれっぽっちもない。そのことが私の顔に出ていたのか、バルドは苦笑した。

「あなたは恩と思っていなくても、私はあなたに『公爵家を出ていくのは迷惑だ』とはっきり言っていただけたことを感謝しております。だから、あなたが困っていれば力になりたいと以前から思っていたのです」

「そう、なのですか……？」

よくわからないけれど、以前、私がマチルダのためにバルドを説得したことで、彼は恩義を感じているようだ。

バルドは礼儀正しく頭を下げた。

「ご不快な思いをさせてしまい、大変申し訳ありませんでした」

そう言われてはじめて気がついたけれど、私は積極的なバルドに戸惑いはしたものの、デイヴィスに感じるような不快感はいだかなかった。

デイヴィスの自分勝手な行動は、いつもデイヴィス自身のためで、私はふりまわされるだけだった。でも、バルドの今の行動は、すべて私のためであり、私を助けるために自分の時間を割《さ》いてくれようとしている。

たしかにどちらも強引で、悪く言えば自分勝手な行動だけど、本質はまったく違う。

そのことに気がついた私は、バルドの恩返しを素直に受けとることにした。

「いえ、こちらこそ、すみませんでした。改めてお願いいたします。バルド様のお力をお貸しください」

「喜んで」

バルドは気持ちのいい返事とともに、フワッと優しい笑みを浮かべる。こんな風に微笑みかけられたら、独身女性はみんな恋に落ちるに違いない。

私は、バルドの魅力的な笑顔を見つめながら『バルド様には本当に恋人がいないのかしら？』と首をかしげた。

私の視線から逃げるように黄色の瞳をそらすと、バルドの頰《ほお》が徐々に赤くなっていく。

なるほど、バルドはこう見えて恥ずかしがりやさんなのかもしれない。こうなったらマチルダの言う通り、素敵な女性を紹介してあげたい。

「バルド様、このご恩は必ずお返しいたしますね。私がバルド様にお似合いの素敵な女性を探してみます」

「え？　いえ……」

「それでは、乗馬服に着替えます」

「あ、はい」

バルドはなにかを言いたそうにしていたけれど、私の一言ですばやく部屋から出て言った。

私はというと、今まで生きてきてスカート以外の服を着たことがなかったから、はじめて穿《は》くズボンは、とても違和感がある。

でも今は、そんなことを気にしている場合ではない。

乗馬服に着替えた私が部屋から出ると、バルドの姿はなかった。控えていたメイドが「こちらです」と案内するのでついていくと、バルドがそこで馬を引いていた。

「これで、馬に乗れますか？」

バルドに乗馬服姿を見せると「よくお似合いです」と予想外にほめられた。

「どうして驚いているのですか？」

「いえ、まさかバルド様にほめてもらえると思っていなかったので」

「ほめますよ。事実ですから」

颯爽《さっそう》と馬にまたがったバルドは、「ここに足をかけてください。手を私に」と指示を出す。言われた通りにすると、バルドは私を軽々と馬上に引き上げた。

私が馬上は想像していたよりも高い。

「なるべく静かに走りますが、私の背にしっかりつかまっていてください」

「は、はい」

そう言われても、背のどこをつかんだらいいのかわからない。

戸惑っていた私は「落ちたら大ケガしますよ」というバルドの言葉に小さく悲鳴を上げた。

あわててバルドの広い背中にピッタリとくっつき、その腰に腕をまわしてしがみつく。

バルドが小さく笑ったような気がしたけど、そんなささいなことを気にする余裕は私にはなかった。

しかしバルドの操る馬が寮につくころには、私は馬上からの景色を楽しめるくらいになっていた。

先に馬から降りたバルドは、丁寧に私を降ろしてくれる。

「ありがとうございます」

「いえ」

バルドは近くにある木に馬をつなぐと、私のうしろに控えるように立った。

「私は、あなたの護衛としてふるまいます」

たしかに、夫でもない男性とふたりで出歩いているのは問題がある。けれどバルドのことは公爵家が私につけてくれた護衛ということにしておけば、誰も悪くは言わないはず。

「ありがとうございます」

バルドとふたりで寮内に入ると、すぐに寮母が迎えてくれた。

「ローザ様！　来てくださったのですね」

寮母が言うには、倒れて運ばれた従業員ハンナが、目が覚めるなり家に帰ろうとして困っているそうだ。

「お医者様には、働きすぎだからしばらく安静にするようにと言われています。それに、体中にあるアザの件もありますし……」

「私がハンナさんに会ってみるわ」

お願いします、と言いながら寮母はハンナがいる部屋まで私とバルドを案内してくれた。

寮母が扉をノックすると、中から「はい」と返事がある。

「ローザ様が来てくださいましたよ」

私が部屋に入ると、「ローザ様!?」とあわてた様子でハンナはベッドから起き上がる。

「ハンナさん、寝てていいのよ」

ベッドのそばに行き、私がそう声をかけると、ハンナは手櫛《てぐし》で寝グセがついた栗色の髪をさっと整《ととの》えた。その瞳には、涙が浮かんでいる。

「う、うう、ローザ様。す、すみません！」

「どうしたの？」

「だって、だって、私、仕事中に倒れてしまって……。あんなに素敵なお店で働かせてもらっていたのに、私、もうクビですよね？」

「クビになんてしないわ」

「でも、でも……」

とうとう泣き出してしまったハンナの肩に、私はそっとふれた。

ハンナは結婚していると聞いていたけど、私よりも若い。

私がこのくらいの年齢のときは、両親の庇護《ひご》下で甘やかされていたのに、ハンナはとてもしっかりしている。

「大丈夫よ、ハンナさん。あなたはなにも悪くないのだから」

優しく背中をさすっていると、ハンナは少しずつ落ち着いていった。

「ローザ様、ありがとうございます。私、これからも精一杯働かせていただきます」

「期待しているわ。でも、今のあなたには休息が必要よ。ここでゆっくり体を休めてほしいのだけど……」

うつむいたハンナは「それはできません」ときっぱり断った。

「私、夫がいるんです。彼、私がいないと生きていけないような人だから、早く帰ってあげないと」

ハンナは困っているような嬉しがっているような、そんな表情を浮かべている。

「あなたの夫には、私のほうから事情を説明しておくわ。あなたが仕事に復帰するには、まず健康になってもらわないと」

「そっか、そうですよね。私が働けなくなったら、彼も困っちゃいますもんね」

ニコリと微笑んだハンナは、ようやくベッドに横になってくれた。

「一週間後に、もう一度お医者さんに診てもらいましょう。それまでここでゆっくりしていて」

「……はい、ローザ様」

そう返事をしたあとにハンナは「一週間も……彼、ひとりで大丈夫かしら？」とつぶやきながら眠りについた。

私は静かに部屋を出た。扉の前で待っていてくれた寮母とバルドと視線を交わす。

「ローザ様……」

そういう寮母の顔は不安そうだ。

「ひとまず一週間はここにいるように伝えたから、ハンナさんのお世話をよろしくね」

「はい」

私はバルドに向き直った。

「ハンナさんの夫という方に、会いに行こうと思います。まだ時間はありますよね？」

止められるかもしれないと思ったけど、バルドは「お供します」とだけ答えた。

来たときと同じように、バルドとともに馬に乗る。

私は落ちてしまわないようにバルドの腰に腕をまわした。

ハンナの家の場所は事前に書類で確認していたので知っている。私の頭の中では、先ほどのハンナの言葉が繰り返されていた。

――彼、私がいないと生きていけないような人だから……

――彼、ひとりで大丈夫かしら？

そんな言葉を聞いて私は、少し前の自分のことを思い出していた。

夫であるデイヴィスが世界の中心で、彼がいないと生きていけない、ずっと彼のそばにいたいし愛し愛されたい、自分のことなんてどうでもいい。

私は本気でそんなことを考えているような、愚かな妻だった。

もしハンナの夫が過去の私のようにハンナに依存し、執着していたとしたら、私はどうすればいいのだろう？

だけど、依存されているハンナも全力で夫を愛しているのなら、それはそれで幸せなのでは？

もし、過去の私のうっとうしくなるような愛にデイヴィスが答えてくれていたら、私たちはどうなっていたのかしら？

ありもしないことが、グルグルと頭の中をまわっている。

バルドが操る馬がその足を止めた。

「つきました」

先に馬から降りたバルドが、また私を丁寧に降ろしてくれる。そして、今度は背後に立つのではなく、私を守るように前に出た。

「お気をつけください。相手は、妻に暴力をふるうような男かもしれません」

その言葉にハッとする。

そうだった、ハンナは体中に殴られたようなアザができていた。

私のことを嫌って、うっとうしいと突き放したデイヴィスでさえ、妻である私には暴力を一度もふるったことがない。

バルドは、ハンナの家の扉をノックした。

返事はない。

私が「いないのでしょうか？」と尋ねると、バルドは「いえ、人の気配があります」と言い、今度は強く扉を叩く。

「ここに住んでいるハンナのことで来た。扉を開けてくれ」

家の中から、ガタリと音がした。しばらく待っていると、扉が開く。その途端、強烈な酒の臭いがして、私は思わず口元を手で押さえた。

中から出てきた若い男は右手に酒瓶を持ちながら「ハンナがなんだって？」と聞いてきた。

乱暴そうな物言いに私は怖くなる。

バルドが「あなたは？」と尋ねると男は「ハンナの夫だが……あんたこそ誰だ？」とにらみつけてくる。

にらみつけられてもバルドは少しもひるまない。

「ハンナが勤めている店の者だ」

「ああ、そうだ！　ハンナが昨日店に行ったきり帰ってこないんだ。困ったもんだぜ」

そう尋ねる男に、ハンナを心配している様子はない。

「ハンナは昨日、店で倒れた。今は、別の場所で療養している」

「いつ戻ってくるんだ」

「まだわからない」

「それなら早く帰るように言ってくれ」

それだけ言うと、男は家の扉をバタンと勢いよく閉めた。

私とバルドは、無言で馬をつないでいた場所に戻った。

「……ハンナさんを心配する言葉のひとつもありませんでしたね」

私がそうつぶやくと、バルドはコクリとうなずく。

「扉の隙間から家の中を見ましたが、暴れたような形跡がありました。彼がハンナさんに暴力をふるっているという証拠はまだありませんが、まともな家庭環境ではなさそうですね」

バルドは馬にまたがると、私に左手を差し出した。

「グラジオラス公爵邸に戻りましょう」

「はい」

バルドの左手をつかむと、グッと力強く馬上に引っ張り上げられる。

「あの家にハンナさんを帰すのは不安です。でも、私になにができるのでしょうか？」

ゆっくり馬を歩かせながらバルドが答えた。

「『夫婦間のことに他人は介入できない』と法律で決められています。しかし、なんにでも抜け道はあります。法律のせいであなたの悩みが解決できないのなら、こちらも法律を使って悩みを解決しましょう。相手が強い武器をもっているのなら、自分も同じ武器を使えないか考えてみるのです」

「と、言うと？」

「グラジオラス公爵家には、優秀な弁護士がいます」

そう言ったバルドは、笑っているようだ。

彼の言葉は、私の心を軽くしてくれる。馬から落ちないようにバルドの広い背中にくっついていると、不思議なこの世にはできないことなんてなにもないのかもしれないと思った。

公爵邸に戻った私たちは、タイミングよくマチルダと合流することができた。

新作のデザインを見てもらうと、「どれも素敵だわ」ととても喜んでもらえた。

商談が終わるとマチルダは「今日は待たせてしまってごめんなさいね。バルドと出かけていたと聞いたけど、どこへ行っていたの？」と興味深そうな顔をする。

「実は……」

私はこれまでにあったことをすべてマチルダに話した。話を聞いていたマチルダの顔がどんどんと険しくなっていく。

「そのハンナさんというのは、まだアイリス様と同じくらいの年ごろで……」

「まぁ、なんてことなの！」

マチルダは背後に控えているバルドを振り返る。

「バルド！　ローザも、そのハンナという子もしっかり守りなさい！」

「はい」

「それが解決するまで、私の護衛はしなくていいからね！」

「はい、心得ました」

驚いた私が「マチルダ様の護衛はどうなさるのですか!?」と尋ねると、「あら、私の護衛なんて他にもたくさんいるわよ」と明るく笑う。

そして、そっと私の耳元に口を寄せた。

「もちろん、バルドが一番優秀だけどね。でも彼、不愛想《ぶあいそう》でしょ？　ずっと無言で背後に立たれていたら息がつまっちゃうわ」

「バルド様は、そんなに不愛想《ぶあいそう》でしょうか？　いろいろお話ししてくださるし、よく笑ってらっしゃるように思いますけれど」

私の言葉にマチルダは目を見開いた。

「……もう、ローザ。あなたはなぜファルテール伯爵夫人なのよ！」

なぜか悔しそうにそう言ったマチルダ。

その後彼女は、いい弁護士を紹介してくれると約束してくれた。

嬉しいと同時に、自分の無力さが情けなくなる。

でも、落ち込みはしなかった。だって、私は今まで夫のデイヴィスを追いかけることしかしてこなかったから。だからこれからたくさん学んで、できることを増やしていけばいい。

そして、いつかお世話になっているマチルダやバルドの役に立てるような立派な人になりたい。

「私、頑張ります」

落ち込んでいる暇なんて、今の未熟な私にはなかった。


次の日も、私は公爵邸を訪れた。そこでバルドと合流して、昨日と同じように馬で寮に向かう。

寮でハンナに会った私は、思い切って全身のアザについて尋ねてみた。

「ハンナさん、そのアザはどうしたの？」

ハンナは、サッと服の袖《そで》で手首を隠す。

「えっと、これは……。もしかして、夫がなにか言っていましたか？」

ブラウンの瞳が、不安そうにゆれている。

私がどう答えようかと悩んでいるうちに、ハンナは「彼、いつもはああじゃないんです」と話し出した。

「本当にいつもは優しいんです。でも、お酒を飲むと人が変わっちゃって……。それは彼が悪いんじゃなくて、彼をクビにした職場の上司が悪くって、それで……」

「あなたに暴力をふるうの？」

ハンナはしばらくためらったあとに、小さくうなずいた。

「でも、酔いがさめると、いつも、涙を流しながら謝ってくれるんです。私のこと『愛してる』って。『君がいないと生きていけない』って。彼、本当はとっても優しい人なんです」

ハンナは本心からそう言っているようだった。

だけど、優しい人は、なにがあっても無抵抗な人に暴力なんてふるわない。

「彼には私が必要なんです！　彼は私を愛しているんです！　私だって彼を愛しています！　だから、早く彼のもとに帰ってあげないと……」

そう言うハンナは、恋する乙女のようにうっとりしている。これが正常な夫婦の関係だなんて思えない。それに夫に傾倒しているハンナの姿が、デイヴィスを盲目的に追いかけまわしていたころの愚かな自分に重なって、胃がキリキリと痛くなってくる。

「ハンナさん、あなたの気持ちはわかったわ」

「それじゃあ、帰ってもいいですか？」

私はそっとハンナの手にふれた。

「こう考えてみるのは、どうかしら？」

「え？」

本当なら『そんなひどい男は捨てて現実を見なさい』と言ってしまいたい。でも、今のハンナに言ってもその声は届かない。だって、昔の私は誰になにを言われても、デイヴィスを愛していると思い込んでいたから。

そんな愚かな私だからこそ、ハンナの説得方法がわかってしまう。

「ハンナさん……あなたがそばにいるから、彼はあなたを殴ってしまうと考えたことはない？　そして、彼は愛するあなたを殴ってしまった後悔で苦しみ続けている。だったら、愛する彼のために、一度、距離をとってみるのはどう？」

ハンナは、衝撃を受けたような顔をしていた。私はさらに言葉を続ける。

「あなただって、愛する人が苦しむ姿は見たくないでしょう？　彼だって、愛するあなたを傷つけたくないはずよ。だって、あなたたちはこんなにも愛し合っているのだから」

「愛……。そう……そうですね」

この関係が愛なわけがない。でも、愛という魔法の言葉を使うと、ハンナの心を少しは動かせたようだ。

「で、でも、彼は私がいないと死んでしまうって……」

「彼はあなたを失うわけじゃないわ。より愛を深めるために、少しだけ距離をとるの。そうすれば、彼もあなたももっと幸せになれるわ」

無茶苦茶なつくり話だったけど、ハンナは気に入ってくれたようだ。

「そっか……。わかりました！　愛し合っている私たちなら、きっと乗り越えられますよね！」

輝くような笑みを浮かべるハンナに、私は「そうね」と微笑みを返す。

そうして私はハンナと別れ、寮をあとにした。

帰り道、馬上でバルドの背中にくっつきながら、つい弱音を吐いてしまう。

「ハンナさんと夫を離しても、時間稼ぎにしかなりません。いったいどうすることが正解なのでしょう……」

デイヴィスの言う通り、私のやっていることはすべて無駄で、もっと他にするべきことがあるのかもしれない。そう不安になっている私に、低く落ち着いた声が語りかけてきた。

「私はいい判断だと思いました」

「そう、でしょうか？」

「今回の件、ふたりを離したことにより変わってくるもの、そして、見えてくるものがあるような気がします。すぐには見えずとも、あなたのしていることには、きっと意味がありますよ」

「だと、いいのですが……」

ため息をついた私は、ふと、先ほどまでの不安がどこか軽くなっていることに気がついた。

バルドの言葉には、人を勇気づける力がある。

「バルド様とともにお仕事をされていた騎士団の方々は、とても幸せでしょうね。私もいつかバルド様のように、頼れる人間になりたいです」

「あなたに頼れる男だと思われているのは、悪い気はしませんね」

バルドの大きな背中がゆれたので、彼が笑っているのだと気がついた。

その二日後。

店の二階にある執務室で仕事をしていると、階下が急に騒がしくなった。

護衛として私のそばにいたバルドが「なにかあったのでしょうか？」と私の顔を見る。

「行ってみましょう」

私が立ち上がった途端に、「きゃあ」と悲鳴が聞こえた。私とバルドは一瞬顔を見合わせ、すぐに走り出した。

店の中では、若い男が叫んでいた。

「責任者を出せ！」

そう言いながら、男は近くにあったテーブルをガンッと乱暴に叩く。

男性従業員が「他のお客様の迷惑になりますので、こちらに……」と別の部屋に案内しようとしても、男はその場から動こうとしない。

「うるせぇ！　さっさと責任者を呼べ！」

「私がこの店の責任者です」

「あんたが？」

不審がってこちらを見た男は、ハンナの夫だった。周囲には酒の臭いが漂《ただよ》っていて、相当酔っているのがわかる。

バルドが私を守るように前に出ようとしたけれど、私はそれを手で制す。

「彼は責任者との面会を望んでいます。これは、私の仕事です」

バルドは小さくうなずくと、私の意志を尊重してうしろに下がってくれた。

ハンナの夫は、私を恐ろしい形相《ぎょうそう》でにらみつけている。

でも、ここで私が引き下がるわけにはいかない。なぜならこの店は私の店であり、ここで働く従業員は私が守るべき大切な人たちだから。

私は背筋を伸ばして、まっすぐにハンナの夫を見た。

「どういったご用件でしょうか？」

「どういったも、こういったもあるか！　俺のハンナをどこにやった⁉」

「以前お伝えした通りです。ハンナさんは店内で倒れたため、別の場所で療養しています」

ハンナの夫は、もう一度テーブルを強く叩いた。

「ウソをつくな！　こんなに長く治らないはずがないだろう！　俺からハンナを奪おうとしているんだな⁉　ハンナを今すぐ、ここに連れてこい！」

怖くてふるえそうになる自身の手を、私はぎゅっと握りしめた。

「たしかにハンナさんはあなたの妻です。けれど、彼女は私が雇った大切な従業員でもあります。私はこの店の責任者として、ハンナさんの心と体の健康を守る義務があります」

私の言葉に反論できないのか、ハンナの夫は「うるせぇ！」と右手をふり上げた。

殴られる――私が体をこわばらせて目をつぶると、「ぎゃあ」と悲鳴が聞こえた。

気がつけば、バルドがハンナの夫を床に押し倒し、拘束している。

バルドが低い声で「警備隊を呼ばれて捕まるか、今すぐ大人しく帰るか、お前に選ばせてやる」と告げる。

「か、帰る……」

そう言ったハンナの夫は、ブツブツと悪態をつきながら店から出ていった。

緊張の糸が切れてふらついた私を、バルドが支えてくれた。

「大丈夫ですか？」

「は、はい。おかげさまで……」

バルドがいなかったら大変なことになっていた。

「今回も私ひとりでは、なにもできませんでした……」

「そんなことありませんよ」

バルドはそう言ってくれるけど、私は自分自身が情けなくて涙がにじんでしまう。

そんな私を励《はげ》ましてくれたのは、店の従業員たちだった。

「ローザ様、ご立派でした！」

「私たち従業員のことをあんなに大切に思ってくださるだなんて、感動しました！」

「ローザ様のお店で働けるのは、私たちの誇りです！」

興奮した従業員たちに囲まれた私は、なぜかたくさんの称賛《しょうさん》を受けた。驚く私のそばでバルドが「ね？　そんなことないと言ったでしょう」と笑っている。

「あなたはこの店の立派な経営者ですよ。自信をもってください」

バルドの言葉に私は、今度は嬉し涙を流しながらうなずいた。

その後、バルドから聞いた話では、店内で騒いだだけでは、ハンナの夫を捕まえることはできないそうだ。店内の物を壊したり、誰かを傷つけたりしていたら法で罰することができるが、そうではない場合は厳重注意が妥当らしい。

その話を聞いた私が「では、私があのとき殴られていたら、彼を捕まえることができたのですね」とつぶやくと、「冗談でもそんなことを言わないでください」とバルドに怖い顔をされてしまった。

それからもハンナの夫は何度か店に怒鳴り込んできたけど、そのたびにバルドが素早く追い返してくれた。

そんなことを繰り返しているうちにハンナの夫もあきらめたのか、店に来なくなった。

ハンナはというと「動けるようになったから働かせてください！」と言うので、店にはまだ復帰させず、寮母の手伝いをしてもらっている。寮母が言うには、よく気が利くし明るくてとてもいい子だそうだ。

様子を見に行くと、「ローザさまぁ！」とかけよって明るく笑いかけてくれる。そんな彼女を見ると、『このまま暴力夫と離れて幸せになってほしい』と願ってしまう。

でもそれは私の勝手な希望で、最終的にどうするか決めるのはハンナ自身だ。

それに、私の護衛として付き合ってくれているバルドにも、本当に申し訳ないと思っている。

このまま解決できないのなら、あきらめてどこかで区切りをつけないといけない。そう彼に伝えると「私のことはお気になさらず」と優しく微笑んでくれた。

「でも……」

「今は考えても仕方ありません。あなたがやることはすべてやりきったのですから。あとは物事が動き出すのを待ちましょう」

バルドと話すと不思議と心が軽くなる。

私は「そうですね」と答えると、日々の業務へ戻った。

それからしばらく経ったある日、従業員が店の執務室を訪れた。従業員が言うには、ハンナの夫を見かけたそうだ。

その従業員は、以前にハンナが結婚していると教えてくれた女性従業員だった。もしかすると、ハンナとは仲が良いのかもしれない。

「どこで見たの？」

私の質問に、従業員は顔を曇《くも》らせる。

「それが私、ハンナに頼まれて、昨日、彼女の家の様子を見に行ったんです。そしたらハンナの旦那さんらしき人が、女性を家に連れ込むところを見てしまって……」

私は思わずうしろに控えているバルドに視線を向けた。バルドは無言でコクリとうなずく。

「そうなのね、教えてくれてありがとう。この件は私からハンナに伝えるわ。あとは任せてちょうだい」

「はい」

従業員は、あからさまにホッとして執務室から出ていく。

執務室の扉が閉まると、バルドが口を開いた。

「動き出しましたね」

「はい」

「ハンナに、現実を見てもらいましょう」

「……そうですね」

私は馬車を手配すると、バルドとともに寮へ向かった。

家に帰るよう伝えると、ハンナは大喜びで馬車に乗り込んだ。ようやく愛しい人に会える喜びでハンナの表情は輝いている。

「ちゃんとご飯を食べてくれていたらいいんですけど……。彼、私がいないと生きていけない人だから……」

私はなんとも言えない感情で、嬉しそうなハンナの言葉を聞いていた。

「ただいま！」

ハンナが元気いっぱいに家のドアを開ける。

しかし、そこには誰もいなかった。

「あれ？」

ガタガタと家の奥から物音がする。

ハンナは「彼、寝ているみたいですね」と笑いながら寝室へ向かった。

私は彼女を止めようとしたけど、バルドが無言で首をふる。

「帰ってきたよ！」

満面の笑みで寝室のドアを開けたハンナは、中の光景を見て立ち尽くした。

そこには裸の女と、あわてて服を着ようとしているハンナの夫がいた。

ベッドの上の女性は気だるそうに「なぁにぃ？」と言いながら目をこすっている。なんとかズボンを穿《は》いた夫が、ハンナに近づいてきた。

夫が言葉を発する前に、ハンナの低い声が響く。

「……誰、その女」

夫の代わりにベッドから降りた女が答えた。

「あんたこそ、誰よ」

ハンナは「……妻ですけど？」と言いながら女をにらみつける。

「はぁ？　奥さん死んだんじゃなかったの？　心の傷を癒してくれって泣きついてきたのはなんだったのかしら」

「へぇ……私、死んだことになってたんだ」

夫は「あ、あ、いや、ちょっと、これは誤解で……」と顔を真っ青にしている。

「結婚してくれるって言ったからついてきたのに。全部ウソだったの？」

「う、うるせぇ！　お前は黙ってろ！」

キッと目を吊り上げた女が「最低！」と言いながらハンナの夫の頬《ほお》を打った。パンッと乾いた音が部屋に響く。

その途端に、夫の表情が豹変《ひょうへん》した。

「この、ふざけるな！」

右手をふり上げて女を殴ろうとしたので、すぐにバルドがとり押さえた。

バルドにとり押さえられた夫は「くそっ放せ！」と暴れているけど、バルドはビクともしない。

そのうちに夫は、ハンナにすがろうとしてきた。

「寂しかったんだ！　俺が愛しているのはハンナ、お前だけだ！」

苦しそうな表情を浮かべて涙を流す夫を、ハンナは静かに見ていた。

「お前がそばにいてくれないと生きていけない！　お前を愛しているんだ！」

ハンナの表情からは、感情が読みとれない。こんな浮気現場を見てもハンナが夫を許すなら、もう私にできることはなにもない。

しばらくすると、ハンナがボソッとつぶやいた。

「……生きてるじゃん」

「へ？」

夫は驚きハンナを見つめる。

「私がそばにいなかった間……。他の女抱いて、元気に生きてるじゃん」

「え？　ハ、ハンナ？」

「死ね、このクズ！」

ハンナの拳が夫の顔面にめり込んだ。ハンナは夫を殴った右手をさする。

「あー手が痛い！　人を殴るやつの気がしれないわ！　ね、ローザ様！」

「そ、そうね」

殴られて呆然《ぼうぜん》としている夫は、ハッと我に返って叫んだ。

「俺は、絶対に別れねぇからな！　お前がいなきゃ誰が俺の世話をして、酒代を稼ぐんだよ!?」

ハンナは「それが本心だったの？　さっきは愛してるって言っておいて、ほんと都合がいいね」とため息をついてる。

残念なことに、この国の法律では夫の同意がなければ離婚することができない。同意なく夫のもとを離れるには、妻は修道院に逃げ込むしかない。

でも、こんな男のためにハンナが人生を台なしにはさせない。

私はハンナの夫に一枚の書類を提示した。

「ハンナは私が雇用している従業員です。その彼女に暴力をふるって働けないようにしたこと、そして、店に何度も怒鳴り込んできたことは営業妨害にあたります。私は法にのっとって、あなたを訴えます。詳細は、のちほど弁護士さんから聞いてください」

「……は？」

これは、バルドが言っていた『法律のせいで解決できないのなら、その法律を使って解決しましょう』ということだった。

この国では、夫が死亡した場合や、犯罪者になってしまった場合に限り、妻のほうから離婚が申請できる。でも、妻への暴力は家庭内でのこととされ、夫を傷害の罪で訴えることはできない。

だから弁護士と話し合った結果、被害者をハンナではなく、ハンナの雇い主である私とすることで、ハンナの夫を訴えることにしたのだ。

バルドはハンナの夫を手際よく縄で拘束し、馬車の御者に警備隊を呼ぶように指示した。


後日、離婚が成立したハンナは、涙を浮かべながら私の両手を握りしめた。

「……ありがとうございます、ローザ様」

「いいえ、私ひとりではなにもできなかったわ。周りの人たちが助けてくれただけなの」

本当に私ひとりでは、なにもできなかった。情けなくて恥ずかしい。

「そんなことないです。同僚から、店にあいつが乗り込んできたとき、ローザ様が立ち向かって従業員を守ろうとしたと聞きました。私のせいでご迷惑をおかけして、本当にすみません」

ポロポロと涙を流すハンナの背中を、私は優しくなでた。

「それにローザ様が私を助けようとしてくださったから、周りの人が動いてくれたんだと思います。ローザ様がいなかったら、誰も私を助けようなんて思いませんよ。だって……私自身ですら、自分を助けようなんて思っていなかったんですもの……だからローザ様。ありがとうございました」

ハンナの言葉は私の胸に、じんわりと染みていった。

こんな私でも、なにかできることがあるのだと思わせてくれる。

ちなみに、ハンナの元夫に騙《だま》されていた女性にも、ハンナの元夫を結婚詐欺と暴行未遂罪で訴えさせた。こちらは妻でもない女性を騙《だま》して働いた不貞なので、すぐに高額な慰謝料を請求できたそうだ。

こうして、私の悩みは解決した。

グラジオラス公爵邸につくと、ずっと護衛をしてくれていたバルドを私は振り返った。

「バルド様、ありがとうございました」

バルドは、優しく目を細める。

「いえ、無事に解決できてよかったです」

なんとなく沈黙が訪れた。

ここしばらく、ずっとバルドと一緒にいた。でも、問題が解決した以上、こうして会うことはない。

一緒に馬に乗ることもなければ、馬から落ちないようにその広い背中にしがみつくこともない。

そのことが、なんだか少しだけ寂しく感じてしまう。

「……ローザ」

ふと、小さな声で名前を呼ばれたような気がした。顔を上げた私を、バルドが優しく見つめている。

「またお会いしましょう。ファ、ファルテ、テール伯爵夫人、人」

そうだ。私はファルテール伯爵夫人。デイヴィス・ファルテールの妻だ。

夫以外の男性に会えなくなるのを寂しく感じるなんてありえないし、あってはいけない。

私は笑みを浮かべた。

「はい。また、いつかどこかで」

バルドに背を向けると、一度も振り返らず私は馬車に乗り込んだ。

今回のことで、私は経営者として、一歩前に進めたかしら？

そう思いながらも、どうしてもバルドと過ごした心地よい時間を思い返してしまう。

私はそのよくわからない温かい気持ちを、心の中にある宝箱にそっとしまった。そして、二度と開くことがないように厳重に鍵をかけた。

この気持ちは、おそらく二度と思い返してはいけないもののような気がしたから。

◇◇◇

ローザが僕に従業員のことについて相談してきてから、彼女の仕事はよりいっそう忙しくなった。

朝早くから屋敷を出て、帰ってくるのも遅くなる日々が続いた。

それでも彼女は僕の妻として夫婦の約束事はきちんと守ってくれていた。僕がなにかをすれば「ありがとう、デイヴィス」と言ってくれるし、「理想の夫婦って素敵ね」と微笑みかけてくれることもある、でもそんなローザの無邪気な言動は、日々、僕の心を傷つけていった。

たった一年間のがまんだと思っていたのに、その期間は想像していた以上に長く、苦しい。

内心では激しい後悔と嫉妬《しっと》が渦巻きながらも、表面上はローザが求める理想の夫をずっと演じ続けていた。

以前グラジオラス公爵から教えてもらった『妻に感謝を伝えること』は、もう役に立たない。

たしかに感謝を伝えればローザは喜んでくれる。僕にもたくさん感謝をしてくれる。

でも、それだけではダメだった。

なぜならローザは、僕以外にもたくさんの人に感謝を伝えるから。

その姿を見るたびに、僕は夫とは名ばかりで、その他大勢のうちのひとりなのだと思い知らされる。それが苦しくてつらかった。でも、ローザから離れるなんて考えられない。

もし僕が彼女の手を離したら、魅力的なローザは、すぐに別の男のものになってしまう。

そんなことは絶対に許せなかった。

どうにかして、彼女に僕を見てほしい。他の人より少しだけでいいから特別に思ってほしい。けど、ローザと交わした契約に違反はできない。彼女に嫌われたくない。

悩みに悩んだ結果、僕はあることを思いついた。

「……ああ」

愛情深いローザは、たくさんの人に好意的だった。でも、愛情を向ける人が少なくなれば、僕にまわってくる愛情が今より増えるかもしれない。

「そうか……ローザの大切な人を減らせばいいんだ」

僕は、手はじめに屋敷内の使用人を少しずつ解雇して、新しい人材に入れ替えていった。

元の使用人たちはみんなローザを慕っていたし、ローザも彼らを大切にしていた。

だから、新しく雇った使用人たちには私語を厳禁として、ローザと親しくならないように厳命した。それを破ったものは、すぐに解雇し入れ替えていくと、いつしかローザに話しかける使用人はいなくなった。

ローザは仕事で忙しく、屋敷内にいることが減っているので、今の状況を不思議に思いながらも『仕事の効率を上げるために、伯爵家の使用人の規律を正している』という僕の言葉を信じているようだ。

伯爵家に長く仕える執事のジョンは、これ以上の使用人の入れ替えはやめるよう言ってくるので、近いうちに解雇しなければならない。

そうすれば、屋敷内でローザに話しかけることができるのは僕だけになる。

ローザが僕以外の人に笑いかけたり、感謝したりする姿を見なくて済むのはとても喜ばしいことだ。

ローザに『ジョンが体を壊して辞めた』と伝えたとき、彼女はとても悲しみ、お別れの挨拶ができなかったことを涙ながらに悔やんだ。そんな彼女を慰《なぐさ》めているとき、僕の心は今までにないくらい満たされた。

悲しむローザに寄り添い、優しい言葉をかけていると、彼女の特別になれた気がした。

この屋敷内ではローザの頼れる夫になれるのだから、僕は、これで満足しようと決めていた。

……あの男が、再び僕の前に現れるまでは。

ローザと出席した夜会で、公爵夫人マチルダの護衛にあたっているバルドという男と僕は再び出会った。

ローザは相変わらずマチルダに傾倒していて、今も彼女との会話を楽しんでいる。

ふと、言葉が途切れた瞬間、ローザはバルドに視線を向けた。

ほんの一瞬、ふたりの視線が交差しただけだったが、僕の体に衝撃が走った。

なにがどうとは説明できない。ただ、このふたりが以前より親しくなっていることだけはわかった。それに気がついてしまった僕は、もういても立ってもいられなくなった。

そのあと、どのように夜会を過ごしたのか覚えていない。

ローザと一緒に馬車に乗り込むと、僕は急いでローザに話しかけた。

「ねぇ、ローザ。やっぱり一度、ファルテール伯爵領に戻ろうよ」

ローザは困ったように綺麗な眉を少し下げた。

「デイヴィス、ごめんなさい。今は仕事が忙しいの。王都を離れたくないわ」

はっきり断られてしまい、僕の頭にカッと血が上る。

僕がどれほど君を愛していて、いったいどんな気持ちで君のそばにいるのか知りもしないくせに。

「仕事なら他の人に任せればいいじゃないか！　君の代わりに仕事をする人なんて、いくらでもいるんだから！　でも、僕の妻は君だけなんだよ!?　夫が領地に帰るのに、妻がついてこないなんておかしいだろう！」

　ローザの顔が目に見えてこわばった。

　僕の言葉に、ローザは傷ついたような顔をする。でも可哀想だなんて少しも思わない。だって、傷ついているのは僕のほうだ。

「それに、今日のドレスはいったいなんだい⁉　そんなに華やかに着飾って、いったい誰に見せるっていうんだ⁉　君がそんなんだから、変な男が勘違いして寄ってくるんだよ！」

　エメラルドのようなローザの瞳が戸惑っている。

「デイヴィス……どうして、そんなことを言うの？」

「どうしてだって？　君はよくそんなことが聞けるね」

　ローザが首をかしげると、彼女のプラチナブロンドの髪がふわりとゆれた。

「私は、あなたの理想の妻になったのに、なにがそんなに不満なの？」

「今の君が理想だって⁉」

「そうよ」

　ローザは淡々と言葉をつむいだ。

「あなたは以前、見苦しい私を連れて歩くのが恥ずかしいと言ったわ」

　それを聞いた僕は、ウッと言葉につまる。たしかに、酔った勢いで言ってしまったことがある。

「髪はバサバサだし、肌も荒れている。ドレスもパッとしないから、あなたは嫌だって。だから、私は美容に気をつけて、いつも着飾るようにしたの。それに……」

ローザの瞳は、どこかあきれているようだった。

「あなたは、夫に執着する妻は嫌いなんでしょう？　もっと自立した妻がいいって。だから、私にもっと大人になるようにと言ったわ。なのに、私が仕事をもって自立して、あなたについていかないと言ったら、どうして怒るの？」

僕はなにも言い返せない。

「ねぇ、デイヴィス……。私はあなたの理想の妻になってあげたのに、どうしてそんな顔をするの？」

そんなことを言われても、僕だってわからない。

「デイヴィスだって、あのころの疲れ切った私に戻ってほしいわけじゃないでしょう？」

ローザの言う通りだった。

僕は今の美しいローザからの愛がほしい。でもローザが美しければ、みんなもローザを愛してしまう。かといって、誰からも見向きもされないような、みずぼらしいローザに愛されて僕は幸せなのだろうか？　なにが正解で、どうしたらいいのか、もうなにもわからない。

でも、ひとつだけわかっていることがある。

僕はローザを失いたくない。ローザを誰にも渡したくない。もう彼女が僕のことを愛していないとわかっていても、彼女から離れることなんてできない。

だって、僕が離れた途端にローザは僕を忘れて、ひとりで幸せになってしまう。

そんなの嫌だ。僕がこんなに苦しんでいるのに許せない。

僕は無理やり笑顔をつくった。

「……ローザ、ごめんね。ちょっと、疲れていたみたいだ」

「そうなの？」

ローザは、もう僕に『大丈夫？』とすら聞いてくれない。

本当はわかっていた。僕がどれだけ頑張っても、君が昔のように僕を愛してくれる日はもう二度と来ないということを。

僕たちは、やり直すことなんてできないんだ。やり直せないくらいに、僕がローザの心をめちゃくちゃに壊してしまった。

ごめん、ローザ。それでも僕は君にそばにいてほしい。

だから、仕方がないから、君を無理やりファルテール領に連れていくね。

ファルテール領に行けば、君は仕事ができないし、僕以外の男に会うこともできなくなるから。

その日、夜会から戻った僕は、強い睡眠薬と彼女のやわらかい手足を傷つけてしまわない拘束具を手に入れるために動き出した。

◇◇◇

ある日、気がつけば私は馬車の中にいた。

霧《きり》でもかかったように頭がぼんやりしていて、体に力が入らない。

「ローザ、大丈夫？」

「……デイ、ヴィス？」

どうやら私は馬車の中で眠ってしまったようだ。隣に座っているデイヴィスが私の体を支えてくれている。

でも、どうやって馬車に乗り込んだかすら覚えていない。

今日は、公爵夫人マチルダと会う約束をしていたはずだ。それなのにもう日は傾き、夜が近づいている。

「デイヴィス、グラジオラス公爵邸へ……」

言い終わる前に、デイヴィスは私の唇にそっと人差し指を押し当てた。

「心配しないで。公爵夫人には、ローザは体調が悪いと伝えておいたから」

「え？　どうして？」

私は体調なんて悪くない。むしろ、日々楽しく健康的に過ごしている。

デイヴィスは、優しく私の髪をなでた。

「ローザ、君は病気なんだ。今から療養のために、僕と一緒にファルテール領に帰るんだよ」

「あなた、なにを言って……？」

少しずつ意識がはっきりしてきた。

今朝、デイヴィスに「新しいワインを入荷したんだ。味見をしてほしい」と言われて飲んだ。そのあと急な眠気を感じて……そこから記憶がない。

「もしかして、あのワインになにか……」

デイヴィスは穏やかな笑みを浮かべていた。

「だって、ローザが一緒にファルテール領に行くと言ってくれないんだもの」

「あなた……なにを考えているの？」

デイヴィスを押しのけるように腕をのばすと、その腕をつかまれた。

「なにって、僕が考えるのはいつだって君のことだよ」

彼は私の腕に、愛おしそうにキスをする。

「ローザ。君の言った通り、愛する人から愛が返ってこない関係はつらくて、ずっと苦しかったよ。一年間耐えるなんて僕には無理だ。もう一秒だってがまんできない。でも僕は君から離れたいとは思わなかった。だって、君を愛しているから」

デイヴィスの瞳には、ゾッとするような薄暗い光が宿っていた。

「僕たちは、これからファルテール領で幸せに暮らすんだ。もう誰にも僕たちの邪魔はさせない」

「いったいなにを言っているの？　正気じゃないわ」

「そうだよ。僕は君を思うと正気ではいられない」

デイヴィスの手をふり払い、馬車の扉を開けようとしたけど扉は開かない。

私は閉め切られていたカーテンを開けると、馬車の窓を叩きながら大声で叫んだ。

「助けて！　誰か助けて！」

そんな私をデイヴィスは窓から引きはがし、押さえつけた。力の差は歴然で、私はもう身動きひとつとれない。

「だめだよ、ローザ。もう少しだけおやすみ」

デイヴィスは、上着のポケットから小瓶をとりだすと、その中の液体を無理やり私に飲ませた。

苦しくてほとんど吐いてしまったはずなのに、次第に意識が遠くなる。

「誰か、たす、けて……」

私の声は、誰にも届かなかった。


気がつけば、私は見知らぬ部屋の質素なベッドの上で眠っていた。ベッドのそばにはデイヴィスが座っている。

「起きたかい、ローザ？」

無理やり飲まされた薬のせいか、頭が割れるように痛い。

「ほら、水だよ」

デイヴィスが差し出したグラスを受けとろうとして、私は自分の手首に手枷《てかせ》がはめられていることに気がついた。

「なっ!?」

「大丈夫、それは君を傷つけるためのものじゃないから」

優しく私の髪をなでるデイヴィスに背筋が寒くなる。

「こ、ここは、どこなの？」

私が気を失う前、デイヴィスは『ファルテール領に帰る』と言っていた。でも、王都からファルテール領は馬車で数週間かかる。私がどれくらい眠っていたのかわからないけど、まだファルテール領にはついていないはず。

予想通りデイヴィスは「ここは、王都の外れにある村だよ。君はさっき起きてから、丸一日眠っていたんだ。今日はここに泊まって、また明日から馬車の旅だ」と穏やかな声音《こわね》で教えてくれる。

「さぁ、ローザ。水をどうぞ」

口元にグラスを運ばれた。

「デイヴィス、自分で飲むわ。これを外して」

手枷《てかせ》を外すように頼んだが、「ダメだよ」と優しく拒否される。

「大丈夫。君のことはすべて僕がしてあげるから」

「やめて！　あなたは、いったいなにを考えているの⁉」

「君のことだけを考えているよ」

私に向けられるデイヴィスの瞳は濁《にご》っている。これは本当に私の夫なのだろうか？

「……デイヴィス、私たちはいったい、どこでなにを間違ってしまったの？」

「さぁ、僕にもわからない。ただ……」

デイヴィスは、すぐに壊れてしまいそうな宝物にふれるように、私をそっと抱きしめた。

「僕は今、すごく幸せだ」

満面の笑みを浮かべるデイヴィスの腕の中で、私は静かに涙を流した。

もう彼には、私の言葉なんて届かないのだ。

どうにかして、ここから逃げないと。このままファルテール領に連れていかれたら、一生屋敷内に監禁されてしまうかもしれない。

でも、手枷《てかせ》をはめられて自由に行動できないし、デイヴィスはあきることなく私のそばにいる。

下手に逃げ出せば捕まって、またあの薬を飲まされてしまうかもしれない。

いったい、どうすれば……

恐怖でカタカタと体がふるえる。

混乱する私の頭の中に、ふと、低く落ち着いた声がよみがえった。

――偶然出会った私に相談してしまうくらい、深い悩みなのでしょう？　ならばすぐにでも解決するべきです。問題は、きちんと解決しないと。この件は、今あなたの中の最優先事項ですよ。

それは、いつかのバルドが言った言葉だった。

そうだわ、悩みや起こってしまった問題はすぐに解決しないといけない。なにもしないで泣いている時間なんてない。私は必死にバルドの言葉を思い出した。

――問題解決に必要なのは、現状を正しく把握することです。

心を落ち着かせるために深呼吸を繰り返したあと、私は改めて自分の置かれている状況を整理した。

ここは、王都の外れにある村だとデイヴィスは言っていた。

そして、今は夜になったので休憩をとるために、村の宿に泊まっているらしい。

そこまでの移動時間は、朝に眠らされてから馬車で目覚めた夕方までと、そのあと薬で眠らされていた丸一日。この宿で眠っていた時間もいくらかあるとすれば、馬車ならだいたい一日くらいで王都の中心部には戻れる距離のはずだ。

でも、ここまで乗ってきた馬車も、馬車の御者もファルテール伯爵家のものではなかった。おそらく、デイヴィスが私を攫うために雇ったのだろう。だから、御者に助けを求めても無駄だ。

次に私は、自分の体を観察した。

手枷《てかせ》をはめられているけど、足枷《あしかせ》ははめられていない。

手枷《てかせ》なら移動中でも布をかければ簡単に隠せるけど、足枷《あしかせ》をつけてしまうと隠せないからだと思う。だから、自由に歩くことはできる。

手枷《てかせ》で両手首を固定されているけど、指や手のひらを動かすことはできる。それに、見ることも話すこともできる。

できることをひとつひとつ確認していくと、次第に思考がクリアになっていった。

――なんにでも抜け道はあります。

「そうよね」

なんにでも抜け道はある。今のこの状況から抜け出すための方法も、必ずあるはず。

デイヴィスだって、四六時中私を監視し続けられるわけではない。

でも、デイヴィスが眠った隙に部屋から抜け出せたとしても、真夜中では王都に戻るための交通手段がない。

——相手が強い武器をもっているのなら、自分も同じ武器を使えないか考えてみるのです。

「……そうか」

デイヴィスが私に薬を盛って、強制的に私の自由を奪うのなら、それを利用すればいい。

そう、デイヴィスがもっている薬を奪って、彼に飲ませることができれば、おそらく彼は私のように丸一日起きることができなくなる。それだけ時間が稼げれば、どこかで馬車か馬を調達できるはず。

それからの私は、デイヴィスに従順なふりをしながら、彼の挙動を観察した。デイヴィスの性格上、私が逃げだそうとしたり、暴れたりしたときのために、睡眠薬は肌身離さず持ち歩いていると思う。

私の視線に気がついたデイヴィスが「ローザ、愛してるよ」と抱きしめてきたので、大人しく身をゆだねるふりをしてデイヴィスのポケットにそれとなくふれた。

上着のポケットになにか入っている。大きさからして睡眠薬の可能性が高い。

その後、デイヴィスは私を抱きしめながらベッドで眠った。私は必死に寝たふりをしていた。デイヴィスの呼吸音が規則正しいものに変わると、私は静かに起き上がった。

そして、おそるおそるデイヴィスの上着のポケットに手を忍び込ませる。ポケットの中には、小瓶が入っていた。小瓶の中では透明な液体がゆれている。

私は手枷《てかせ》をつけられた手でなんとか小瓶のフタを開けると、中の液体をデイヴィスの口に流し込んだ。この薬はとても強力で、少し飲んだだけで私は気を失ってしまった。

こうすれば、デイヴィスはしばらく起きることがない。

そのはずなのに。

「ローザ」

デイヴィスに名前を呼ばれて、心臓が大きく跳ねた。

「まったく君は……」

そう言いながら起き上がるデイヴィスは、薬が少しも効いていないようだった。口元を手の甲でぬぐい、暗い笑みを浮かべる。

「それは眠り薬じゃないよ。中はただの水さ」

「どう、して？」

「もし君が眠り薬を手に入れたら、どうするか知りたくなってね。君を試してみたんだ。最悪の結果だったけど」

そういうデイヴィスは楽しそうだ。

「ねぇローザ。僕を眠らせて、どうするつもりだったの？　僕から逃げるつもりだった？」

デイヴィスは私の髪を指ですくい、愛おしそうにキスをした。

「ファルテール領についたら、もう二度と君を外には出してあげない」

小さな悲鳴を上げながら、私はデイヴィスのそばから離れた。そのまま扉へ走り出す。背後からはデイヴィスの声が聞こえる。

「どこにいくの？　ここには君の味方はひとりもいない。誰も君を助けてくれない。王都でつくった人脈もここでは無意味だよ。もう君は夫である僕を頼るしかないんだ」

扉に鍵はかかっていなかった。私は恐怖にかられて宿を飛び出し、見知らぬ夜道をがむしゃらに走った。

外は真っ暗で、人影もない。どこに行けばいいのかわからないけど、足を止めるとデイヴィスに捕まってしまいそうで怖かった。

走り続けている途中で、急に激しい眠気に襲われた。地面に倒れこんだ痛みで目が覚める。まるで睡眠薬を飲まされたときのように頭が痛い。もしかすると、薬の効果が強すぎて、まだ完全に切れていないのかもしれない。

辺りには木々が生い茂っていた。いつの間にか森の中に迷い込んでしまったようだ。起き上がろうとすると左足首がズキリと痛んだ。

そのとき、「こっちで物音が聞こえたぞ！」と男性の声が聞こえた。

デイヴィスに雇われた追手かもしれない。私はふるえながら両手で自身の口元を押さえて息を殺した。

「ローザ！　ローザ、いますか!?」

名前を呼ぶその声は、デイヴィスではなかった。

私の心を落ち着かせてくれる、その低い声を聞き間違えるはずがない。

「……バルドさ、ま……」

「こっちだ！」

複数の足音が近づいてくる。

「バ、バルド様……」

ふるえる声でバルドを呼ぶ。茂みをかき分けて現れたバルドの姿に、涙があふれた。

「ローザ！」

バルドの腕に抱きかかえられた途端に視界が白く染まり、私はそのまま意識を失ってしまった。


次に目を覚ましたとき、私は豪華な部屋の天蓋《てんがい》付きベッドで横になっていた。

ベッドの横で待機していたメイドが私が目を覚ましたことに気がつき、あわてて部屋から出ていく。

しばらくすると、青い顔をしたマチルダが部屋にかけこんできた。

「ローザ、あなた大丈夫なの⁉」

「マ、チルダ、様？」

ベッドから起き上がろうとしても私の体は石のように重く、言うことを聞いてくれない。マチルダは、私の肩に優しく手を置いた。

「まだ寝ていないとダメよ。足をケガしているわ」

「ケガ……？　いったい、なにが……？」

記憶がはっきりしない。

「ローザ、覚えていないの？　あなたは夫のデイヴィスに薬を盛られて、無理やりファルテール領に拉致《らち》されそうになっていたのよ」

マチルダの言葉で、薄暗いデイヴィスの瞳を思い出し、体がふるえる。

「そ、そうだわ……デイヴィスが……。でも、どうして、マチルダ様が？」

「あなたとの約束の日、体調が悪いと手紙をもらった私は、すぐにお見舞いに向かったの。でもファルテール伯爵家のメイドたちは『ここには奥様はおりません』って。おかしいと思っていたら、あなたのお店の従業員に会ったのよ」

時間になっても店に来ない私を心配して、女性従業員のひとりが伯爵邸まで様子を見に来てくれたらしい。

そこでマチルダは、私が職場を無断で休んでいることを知った。そして、マチルダから私の体調が悪いらしいと聞いた従業員は、『だとしても、ローザ様が無断で休むはずありません！　おかしいです、きっとなにかあったんだわ』と言ってくれたそうだ。

その従業員の名前を聞くと、以前暴力夫から助けたハンナだった。

「その子がね、『ローザ様を助けてください！』って。私もなにかおかしいと思ったから、すぐに夫に相談したの。そうしたら、夫も娘のアイリスも、今こそグラジオラス公爵家はあなたに恩を返すときだって張り切っちゃって」

そのあとは、公爵家の騎士総出で捜索してくれた。

「総指揮はバルドがとっていてね。ファルテール邸に出入りした馬車を調べたり、ファルテールに仕えるメイドや執事たちから事情を聞いたりして、あなたを乗せた不審な馬車がファルテール領に向かったことを素早く突き止めたのよ」

「バルド様が……」

そうして無事に助けられたのだと思うと、安心して急に眠気が襲ってくる。

「もう大丈夫よ。ゆっくりおやすみなさい。ローザ」

私は小さくうなずくと、再び深い眠りへ落ちていった。


数週間後。

助けてもらったあの日から、私はグラジオラス公爵邸に保護されている。

デイヴィスに飲まされた強すぎる睡眠薬の後遺症で、急な眠気に襲われる日々が続いた。それでもベッドの上で過ごすうちに、症状は少しずつよくなっていった。

医者が言うには、そのうち薬の影響もなくなり、元の体に戻れるそうだ。

起き上がれるようになると、私はすぐにバルドにお礼を言いに行った。

公爵家の訓練場で鍛錬中だったバルドは、私に気づくとすぐにこちらにかけてきた。

「もうお体は、大丈夫なのですか!?」

あせったように聞かれて、私はあわてて「あ、はい。おかげさまで」と返事をする。

「よかった……」

ホッと胸をなでおろした様子のバルドを見て、私の胸に温かい気持ちが広がった。

「バルド様、助けてくださりありがとうございました。バルド様が助けてくださらなかったら、今ごろ私は……」

おぞましい未来に、私の体はカタカタとふるえる。

情けない姿を見せてはいけないと思い、私が顔を上げると、バルドの大きな体がビクッと跳ねた。

「あ、えーと」

バルドは、ぎこちなく右手で自分の頭をかいている。

「バルド様？」

状況がよくわからず、私が首をかしげると、バルドは深く頭を下げた。

「申し訳ありません！　あなたの許可なく、お手にふれそうになりました」

「え？　ああ、お気になさらず。おびえている私を慰《なぐさ》めてくださるおつもりだったのでしょう？」

「……ええ、まぁ」

咳払いをするバルドは、なぜか気まずそうだ。そんなバルドを見て、私はハッと気がついた。

「鍛錬中に大変失礼いたしました。お時間をとらせてしまいましたね」

「あ、いえ！」

「とても感謝しております。このご恩は一生忘れません。いつか必ずお返しいたします」

「いえ、あなたがご無事でなによりです」

ふわりと微笑んだバルドは、とても魅力的だった。この笑みを見たら、女性は誰でもバルドに好意を持つだろう。そんな彼が気に入る女性は、どこかにいるのだろうか。

以前、バルドは『芯が強い女性が好ましい』と言っていた。

いろんな人の力を借りて、迷いながらなんとか生きている私とは、真逆の存在だ。

そう思うと、なぜか少しだけ胸が痛かった。


それからあっという間に、さらに数週間が経った。

私が完全に体調をとり戻したころ、マチルダが私の部屋を尋ねてきた。

「デイヴィス・ファルテールのことだけど……」

その名前を聞いただけで、私は気分が悪くなった。

私に睡眠薬を飲ませて拉致《らち》しようとしたデイヴィスは、あのあとすぐに捕えられたらしい。

しかし、デイヴィスは裁判すら行われることなく『妻ローザに今後、危害を加えないこと』を約束すると、保釈金を払いすぐに釈放された。伯爵の地位も剥奪《はくだつ》されていない。

デイヴィスが重い罪に問われないのは、事件が未遂に終わったことと、被害に遭った相手が妻であることが理由だそうだ。マチルダは私に話しながら相当怒っていた。

「そういう理由で、あなたはまだ『ファルテール伯爵夫人』なのよ」

ゾッとした私が「デイヴィスに離婚を求めます」と言うと、マチルダは「当たり前よ！」と強く賛成してくれた。

「大切なあなたが傷つけられたのに、相手が夫だからってなにもできないなんて、この国の法律はおかしいわ！　今回の件だけじゃない。あなたの店のハンナという子のときだってそうよ！　夫が妻を傷つけても罪にならない、その上夫の同意がなければ離婚もできないだなんて……」

怒りでふるえるマチルダは、下唇を強く噛みしめている。

「アイリスだって、もしあのままリンデンと結婚していたら、親である私たちですらあの子を助けられなかったかもしれないわ。そんな法律は、間違っている。私たちは貴族としてこの国の間違いを正さなければいけない」

「マチルダ様……」

「妻は夫の所有物ではないわ。もちろん、夫だって妻の所有物じゃない。夫婦はもっとお互いを思い合い、支え合っていけるはずよ」

マチルダは、このことをきっかけに『妻に危害を加える夫への厳罰化』を政治的に主張していくことを私に約束した。

そんなマチルダは、すぐに離婚届を用意してくれた。私がそれをデイヴィスに送りつけると、デイヴィスからは『愛しているんだ』とか『あのときはどうかしていた。君とやり直したい』とか長々と言い訳する手紙がたくさん届いたけど、私はすべて破り捨てた。

『あなたが離婚届にサインするまで、私は何度だって裁判を起こすわ。今回のことだけじゃない。私を冷遇していたころの数々の仕打ちもすべて公表して裁判で訴える』と手紙で脅すと、デイヴィスから、ようやく署名入りの離婚届が送り返された。

結婚も離婚も、こうして夫と妻の同意がなされた書類を役場へ提出しなければならない。

私はそれをすぐにでも役場に提出したかったけど、そのころになってグラジオラス公爵家から出ることに恐怖を感じている自身に気がついた。

どこかでデイヴィスに会ったらどうしよう？

また、睡眠薬を無理やり飲まされたら？

拉致《らち》されて、今度は誰も助けてくれなかったら？

そんな不安がグルグルと頭の中をまわり、私は馬車に乗り込めないでいた。公爵家から役場までは、歩いて行ける距離ではないので、馬車に乗らないと離婚届を提出できない。

私が途方に暮れていると、背後から声をかけられた。

「外出されますか？」

低く落ち着いた声は、バルドだった。

「あ、はい」

「でしたら、マチルダ様の命《めい》により、お供させていただきます」

「マチルダ様が……」

今日、外出することをマチルダには伝えていたので、気を遣ってくれたようだ。バルドのうしろでは、ふたりの騎士が馬を引いて立っている。

デイヴィスに拉致《らち》されたあとなので、護衛は厳重だった。

公爵夫妻には本当によくしてもらっているけど、このままずっとここに居座るわけにはいかない。

幸いなことに、療養している間も私の事業は滞《とどこお》りなく進んでいる。贅沢《ぜいたく》さえしなければ、実家の世話にならなくてもひとりで生きていけるくらいのお金はあった。

新しい人生をはじめるためにも、まずはデイヴィスとの関係を清算しなければ。

そのためには、やはりなんとしてでも馬車に乗らなければいけない。

そう思っても体が動かず、私が馬車の前で立ちつくしていると、再びバルドに声をかけられた。

「乗らないのですか？」

「その……」

「なにか問題が？」

「怖くて、乗れないのです……」

「ああ」と納得したバルドは、「馬でお連れしましょうか」と提案してくれた。

「そう、ですね」

少しためらったものの、離婚届は本人が提出したものしか受けとってもらえない。代理を頼めない以上、私は絶対に外出しなければならない。

覚悟を決めた私はバルドに頭を下げた。

「よろしくお願いします」

私が乗馬服に着替えてバルドのもとに戻ると、バルドは颯爽《さっそう》と馬にまたがる。

「お手を」

「はい」

バルドの手をとると、グッと力強く馬上へ引き上げられた。以前のように、バルドの広い背中にしがみつくと、私の鼓動は速くなる。

これは、きっと久しぶりに馬に乗ったせいだ。

「今度、乗馬をお教えしましょうか？」

そんな提案を嬉しく思ってしまうのも、聞こえてくるバルドの声が心地よく感じるのも、すべて気のせい。

私がどう返事しようかと悩んでいるうちに、役場へたどりついた。

役場の入り口には、装飾品などが一切ない。けれど歴史は古く、この建物自体に歴史的価値があるものだった。

先に馬から降りたバルドは、いつものように丁寧に私を降ろす。

「ありがとうございます」

「いえ」

バルドはすぐに距離をとって、私の少しうしろに下がった。

「この位置から護衛をさせていただきます」

「はい、よろしくお願いします」

他二名の騎士たちもバルドのあとに続いている。私はサイン済みの離婚届を落としてしまわないように、しっかり胸にかかえこんだ。

これを提出すれば、ようやくデイヴィスと離婚できる。

喜びなのか緊張なのかわからない感情を抱えたまま、私は建物に入った。

バルドはひとりの騎士を呼ぶと「入り口で待機しろ。不審人物が入ってこないか見張れ」と指示を出す。

「はっ」と短く返事をした騎士は、入り口付近で直立した。

建物内は、たくさんの人であふれていた。壁に案内図がある。私がそれに近づこうと歩き出したとき、背後から大声で名前を呼ばれた。

「ローザ！」

驚いて振り返ると、二度と会いたくないと思っていた人物がそこにいた。

——デイヴィス。

彼は「ああ、やっぱりローザだ」と嬉しそうに微笑む。

「ど、して？」

「どうしてって、グラジオラス公爵家に何度お願いしても、会わせてもらえないんだもの。だから、君がここに来るのを待っていたんだよ」

いつ来るかわからない私を、ずっとここで待っていた？

デイヴィスの強い執着に恐怖を感じて、私の体はガタガタとふるえる。

「会いたかったよ、ローザ」

近づいてくるデイヴィスが怖くて仕方がない。

しかし、急にその姿は見えなくなった。代わりに私の目に映るのは、頼もしい広い背中だ。

「それ以上、この方に近づくな」

そう言ったバルドは、私を背後に隠すようにしてデイヴィスとの間に入ってくれた。もうひとりの騎士は、警戒するようにデイヴィスの背後にまわっている。

途端にデイヴィスの声が低くなった。

「……やはり、お前か……バルド」

苦々しそうにそう言うと「おまえがローザを狙っているのはわかっている」と妄言を吐き出した。

「デイヴィス？　あなた、なにを言って……？」

「いいんだ、ローザはなにも知らなくていいんだよ。君のことは夫である僕がずっと守ってあげるからね」

急に人が変わったように優しく語りかけられて、私は背筋が寒くなる。

「ああ、ローザ。そんなにおびえて可哀想に。もう大丈夫だよ。人妻を奪おうとするクズ男のそばになんていないで、早くこっちにおいで」

デイヴィスは、私を受け入れるように両手を広げた。まるで、私がその胸に喜んで飛び込んでいくと、当たり前に思っているかのようだ。

それを見た私は、自分の頭の中でなにかがブチッと切れる音を聞いた。

私がバルドの前に進み出ると、デイヴィスは嬉しそうに微笑む。

「ローザ……」

愛おしそうにそうつぶやいたデイヴィスの頬《ほお》を、私は思いっきり叩いた。

パンッと乾いた音が、建物内に響く。

叩かれた頬《ほお》を手で押さえながら、デイヴィスは信じられないものを見るような顔をしている。

「クズ男はあなたのほうよ！　あんなことをしておいて、よく私の前に姿を現せたわね!!」

「ロ、ローザ？」

「その汚い口で、二度と私の名前を呼ばないで！」

今度はデイヴィスの反対の頬《ほお》を思いっきり叩いた。よろけて倒れたデイヴィスは、床に尻もちをつく。

「あなたの名前を聞いただけで気分が悪くなるのに、顔まで見せられるなんて……たまったものじゃないわ」

私は吐きそうになり、あわてて手で口をおさえた。

私を見上げるデイヴィスは「ウソだ……そんなの、ウソだ」と繰り返している。

「わ、わかったぞ！　その男だ！　ローザは、そいつに洗脳されているんだね⁉」

立ち上がったデイヴィスは、どこからかナイフをとり出した。

それまで遠巻きにして見ていた人たちが悲鳴を上げ、誰かが「警備隊を呼べ」と叫んでいる。

バルドは私の腕を引き、再び背後に隠した。

「お下がりください」

こんなときでもバルドの声は落ち着いている。彼の視線がデイヴィスの背後にいる騎士に向けられた。その視線を受けた騎士が小さくうなずく。

「汚い手でローザにふれるな！　お前を殺してやる！」

そう叫んだデイヴィスは、背後の騎士に一瞬で羽交い締めにされた。

私を含む周囲の人たちがあっけにとられている間に、デイヴィスは騎士に腕をひねりあげられている。もっていたナイフがカランと床に落ちた。

「大丈夫ですか？」

そう言って私にひざまずくバルドを、私は呆然《ぼうぜん》と見つめた。

優秀な指揮官がいれば、こんなにも簡単に事件を解決できるのかと驚いてしまう。

無様に叫ぶデイヴィスは、かけつけた警備隊へ引き渡された。私やバルドや、とり押さえた騎士も参考人として来るように言われたけど、私は首を左右にふった。

「先に離婚届を提出させてください！　あとから必ず行きますから！」

私の様子があまりに鬼気迫《ききせま》っていたせいか、たじろいだ警備隊員たちは「あ、はい」と許してくれた。

バルドは、デイヴィスをとり押さえた騎士の名を呼ぶと「先に行っていてくれ」と指示を出している。

騎士に「団長、じゃなくて、バルド様はどちらに？」と尋ねられ、バルドは「この方の護衛を続ける」と返事をして私を見た。

私は離婚届を提出する窓口へ急いだ。そのあとをバルドもついてきてくれる。

書類を提出すると、間違いがないか確認されたあとに、ようやく受けとってもらえた。

「離婚届を受理します」

この瞬間、私はデイヴィスの妻ではなくなった。

いつの間にか私の隣に立っていたバルドが微笑む。

「おめでとうございます。ローザ様」

バルドのその言葉を聞いて私はもう二度と『ファルテール伯爵夫人』と呼ばれることがないのだと気がついた。

ようやくデイヴィスと他人になれた今、私は嬉しくて涙を流した。

私があまりに泣くので哀れに思ったのか、バルドが背中をなでてくれる。その手つきがとても優しかったので、私は気がつけばバルドにしがみついて泣いていた。

私が泣きやむまで黙って胸を貸してくれていたバルドは、本当に素敵な男性だと思う。

いつかきっと、彼の理想の結婚相手を探してあげよう。私はそう心に誓った。


その日の夜、晴れて離婚が成立した私は、マチルダと祝杯を挙げていた。

「おめでとう、ローザ」

マチルダは自分のことのように喜んでくれている。

「これもマチルダ様や公爵家の皆様のおかげです。本当にありがとうございました」

頭を深く下げた私に、マチルダは「もう水臭いわね。私たちの仲じゃない」と言ってくれた。

「それで、あなたはこれからどうするの？」

「そうですね……」

私は、今までお世話になった公爵家から出ていくこと、そして、実家には戻らず自分ひとりで暮らしていこうと思っていることを告げた。

「あなたが？　ひとりで暮らすの？」

マチルダは、目を見開いて私を上から下まで見つめる。

「ダメよ。貴族女性がひとりで暮らすだなんて危険よ！」

「はい。ですから、マチルダ様にご相談がありまして……」

女の私がどこかに屋敷を買って暮らすには、護衛が必要だ。

「もしよければ、公爵家から女性騎士を紹介していただけないでしょうか？　できる限り、高額な給金を払わせていただきます」

「そうね、護衛は絶対に必要ね。うちの騎士団から女性騎士を派遣して……」

「あっ」と小さくつぶやいたマチルダは、急にイタズラっぽい笑みを浮かべた。

「大変だわ、ローザ」

「どうなさったのですか？」

あわてる私に、マチルダは申し訳なさそうな顔をする。

「女性騎士は派遣できないんだったわ。ほら、アイリスが留学するからその関係で……」

「そうなのですね。ご無理を言いました。では、別のところで雇います」

私がそう言うと、今度はマチルダがあわてた。

「ああ、違うの、ええと……女性騎士は無理だけど、男性騎士でいいのなら派遣できるわ！」

「そうなのですか？」

「そうそう」

「でも、男性に護衛をしてもらうのは……」

元夫の件があったばかりなので、見知らぬ男性の護衛というのはどうしても怖い。

「大丈夫よ。とりあえず会ってみて」

マチルダはメイドに、バルドを呼ぶように伝えた。指示を受けたメイドはすぐに部屋から出ていく。

「どうしてバルド様を？」

「彼ならあなたにふさわしい護衛を知っているわ」

「ああ、それなら間違いありませんね！」

バルドは元騎士団長なので、騎士団員たちにも詳しいだろう。

呼ばれて部屋に現れたバルドは、礼儀正しく頭を下げた。

「マチルダ様、お呼びでしょうか？」

「バルド。ローザが護衛を探しているの。あなた、誰か推薦してくれないかしら？　ちなみに、女性騎士はダメよ」

「女性騎士以外で、ですか？」

「そう」

バルドはなにかに気がついたように「ああ」とつぶやいた。

マチルダが「新人はどう？」と尋ねる。

「経験不足なので、護衛には向きません」

「じゃあ、ベテランで誰かいないの？」

「ベテラン勢は、これからの騎士団を担っていくので、公爵家の外に出すわけにはいきません」

「あら、困ったわね……」

「困りましたね」

私の目の前でそんな会話が繰り広げられ、なんだか申し訳なくなってきた。

「あの、もう護衛の件は……」

結構です、と断る前に、バルドが「私はいかがでしょうか？」とマチルダに告げた。

驚く私をよそにマチルダは「あら、いいじゃない！」と嬉しそうだ。

「はい、護衛には自信があります」

「そうね、バルドがローザの専属護衛になってくれたら安心ね。ローザ、どうかしら？」

マチルダから期待に満ちた瞳を向けられてしまう。

「ど、どうもなにも、バルド様が私の専属護衛だなんてありえません！」

「バルドが嫌なの？」

マチルダの言葉に、バルドの表情が目に見えてズーンと暗くなった。

「嫌だなんて！　違います、私にはバルド様はもったいないという意味です！」

「あら、そっち？　よかったわ。それなら気にしなくていいわよ。公爵家でも、騎士団長を辞めたバルドの扱いに困っていたから。ね、バルド？」

バルドは深くうなずいた。

「元騎士団長の私がいつまでもここにいては、今の騎士団長はやりにくいでしょう」

その言葉にマチルダは同意する。

「そうよ！　だから、バルドがローザの護衛になったらすべて解決ね！」

「ええ!?」

バルドは床に片膝をつくと、私をまっすぐ見つめた。

「ローザ様、誠心誠意お仕えいたします。どうか他に行くあてのない私をもらっていただけませんか？」

「そ、そんな言い方は……」

戸惑う私を見たバルドは、悲しそうに眉を下げる。

「ダメですか？」

「ダメに決まってま……」

断ろうとした私に、マチルダがため息をついた。

「はぁ、ローザがバルドをもらってくれたら、もうバルドの嫁探しをしなくていいから、私の肩の荷が下りるのに……」

そのつぶやきを聞いた途端に、私の心はぐらりと大きくゆれた。

マチルダの役に立てるならそうしたい。でも、バルドほど優秀な方が私の護衛になってしまうなんて、人材の無駄遣いだ。

「あと一歩というところね」というマチルダの声が聞こえる。バルドは「仕方がありません。最終手段を使わせていただきます」と言って立ち上がった。

「ローザ様」

背の高いバルドは、腰を折り私の耳元に口を寄せる。

「グラジオラス公爵家を陥《おとし》れようとしている黒幕を探るためにも、私は公爵家から出たいのです。あなたのお力を貸していただけないでしょうか？」

私はバルドの言葉にハッとした。

そうだった。バルドは、部下であったリンデンを堕落させた黒幕探しをするために、騎士団長を辞めて公爵家を出ていこうとしていた。それを私が引き留めたのだ。

公爵夫妻に信頼されているバルドが、公爵家から出ていくのは難しい。でも、私の護衛として公爵家から派遣されるとなれば、バルドは自由に動くことができる。私はようやくバルドの行動理由を理解した。

「なるほど！」

バルドが私の護衛になりたいなんて、おかしい話だと思っていた。

「そういうことでしたら、ぜひご協力させてください」

私が納得してニコリと微笑むと、バルドは小さくため息をついた。

「それだけが理由ではないのですが……。今はこれで満足しておきます」

ヒソヒソ話を終えた私たちは、ふたりそろってマチルダを振り返った。

「マチルダ様、バルド様に私の護衛をしていただくことにします！」

マチルダは、パァと顔を輝かせる。

「本当に？　助かるわぁ。ローザ、ありがとう」

「いえ、これでマチルダ様のお役に立てるなら！」

マチルダは「うんうん」と満足そうにうなずいたあと、バルドを見た。

「……あとはあなた次第よ、バルド」

「はい。ありがとうございます」

こうして、公爵家の元騎士団長バルドは、私専属の護衛になった。


その後の私は、王都に小さな屋敷を購入した。

バルドとふたりきりで住むわけにはいかないので、メイドをひとり雇うつもりだ。

その話をしたところ、店の従業員のハンナが「ローザ様、ぜひ私をメイドとして雇ってください！　一生懸命がんばります！」と元気いっぱいにお願いしてきたので、私のメイドとしてハンナも一緒に暮らすことになった。

私とバルドとハンナ。それだけでは庭の管理が行き届かないので、さらに庭師の青年をひとり雇った。

新しい私の生活は、信じられないほど穏やかに過ぎていった。

バルドはというと自由に行動できるようになったので、いろいろ調べ物をしたり、長く外出したりすることもあった。ちなみに外出するときは、毎回きちんと前日に私に報告に来て、わざわざ代わりの護衛騎士を準備してから出かけてくれる。本当に真面目な人だ。

私にもなにかお手伝いできることがあればいいのだけど、バルドに「この件には、ローザ様は一切関わらないでください」ときっぱり線を引かれている。

たしかに私ではなにも手伝えることがない。でも、私を助けてくれた恩人バルドの役に立てないのは悲しかった。つい落ち込んでしまった私にバルドは優しく微笑みかけてくれる。

「ローザ様、あなたを危険にさらしたくないのです」

「わかっています。でも、なにもお役に立つことができない自分がもどかしいです」

バルドはそっと私の頬《ほお》にふれた。

「でしたら、ひとつお願いがあります」

「なんでも言ってください！」

心躍らせながらバルドの言葉を待っていると、バルドは視線をそらした。少し頬《ほお》が赤いような気がする。

「ローザ様に時間があるときだけでいいのです。その……私が出かけるときに、見送っていただけませんか？」

「見送る？」

「はい、あなたに『いってらっしゃい』と言っていただきたいのです」

「あ……」

元夫デイヴィスとのことがあった私は、極力バルドに関わらないようにしていた。

デイヴィスを追いかけまわしていたときのように、バルドにもつきまとって『うっとうしい』と思われたくなかったから。

だから、バルドの提案は意外だった。

「私が見送っても、ご迷惑ではないですか？」

そう確認すると「はい」と力強い答えが返ってくる。

「で、では、お見送りさせていただきますね」

ちょうどバルドはこのあと出かけると言っていた。だから、私はバルドに微笑みかける。

「いってらっしゃい、バルド様。どうかお気をつけて」

バルドは少し目を見開いたあとに、「いってきます。必ずここに帰ってきます」と微笑み返してくれた。その笑みがとても嬉しそうで、なんだか私も嬉しくなってしまう。

外出するバルドの背中を見送ったあと、私は執務室で仕事を再開した。しばらく集中して書類をさばいたあとで、ふと庭に目を向けると、ハンナと庭師が庭でお花の手入れをしながら、楽しそうにおしゃべりをしていた。その様子を見た私は仕事の手を止めて微笑む。

ふたりは仲良く、お互いの仕事を助け合っている。

そんなふたりを見るたびに、私の心は温かくなった。この温かい気持ちを、私は長い間忘れてしまっていたように思う。

お互いに思い合い、助け合いながら生きることが、元夫のデイヴィスとはどうしてもできなかった。

デイヴィスは、役場で起こした事件で再び捕えられた。

ここでもまた、私があの時点でデイヴィスの妻であったことが足を引っ張った。

『離婚しようとする妻を引き留める夫の行動としてはやりすぎだが、夫婦間の問題に行政は介入しない』と言われ、デイヴィスはまた無罪で釈放されそうになった。

そのときに助けてくれたのが、バルドだった。

「ファルテール伯爵は、ローザ様ではなく、私を狙っていました」

バルドがそう証言したことにより、夫婦間の問題から一気に事件へ切り替わった。

ナイフをもったデイヴィスが、バルドに向かって「殺してやる！」と叫んだことは多くの人が目撃していた。

グラジオラス公爵家の加勢もあり、今度はデイヴィスが殺人未遂罪を犯したと国に認めてもらえた。

殺人未遂は、この国では重罪だ。特に明確な殺意を表明してことに及ぼうとした場合、被害者側にケガなどの実害がなくとも、場合によっては殺人と同等の処罰が下されることがある。

デイヴィスの場合は、爵位を剥奪《はくだつ》されて、平民に落とされることになった。

そのことについて、私はマチルダに呼び出された。公爵邸につくと、マチルダと娘のアイリスが神妙な面持ちで出迎えてくれた。

「ローザ、あなたの元夫デイヴィスのことだけど」

「デイヴィスがまたなにかしたのですか⁉」

またなにか恐ろしい事件を起こしたのかとあせる私に、マチルダは首をふる。

「そうじゃないの。本当なら、平民に落としただけでは済ませず、その存在ごと消してしまうことだってできる」

恐ろしい言葉だけど、グラジオラス公爵家なら脅しでなく本当にできてしまうことだろう。

「でも、私たちはそれをしないことに決めたの」

アイリスが申し訳なさそうに言葉を続ける。

「元ファルテール伯爵は、たしかに罰せられるべき者です。でも、私はローザ様だけでなく、元ファルテール伯爵にも恩があるのです」

アイリスが言う恩は、アイリスの元婚約者であるリンデンの裏の顔を、デイヴィスの協力を得てあばいたことだろう。

あのときのアイリスは、たしかに私とデイヴィスに必ず恩を返すと約束した。

「グラジオラス公爵家の名にかけて、元ファルテール伯爵が、ローザ様の前に現れないことをお約束します」

「はい、それで十分です。お気遣いくださり、ありがとうございます」

平民が貴族に刃物を向ければ、死罪だ。私はもうデイヴィスの妻ではないから、彼が私に危害を加えればれっきとした罪になる。

デイヴィスは二度とこんな事件を起こせないだろう。

だから、私はもうそれだけでよかった。赤の他人のデイヴィスがこの先の人生をどう過ごそうが、少しも気にならない。

今になってふと、『もし、私たちのどちらかが違う行動をとっていれば、私とデイヴィスの関係は変わっていたのかしら？』とありもしないことを思ってしまう。

デイヴィスは、私にはじめて人を愛することを教えてくれた人だった。間違いだらけで、傷つけ合って、なにもうまくいかなかったけど、その経験は私をひとりの人として、とても強くした。

でも、だからといって、私は生涯デイヴィスを許すつもりはない。ああなってしまった彼は、ただの犯罪者だから。

私が愛したデイヴィスは、どこにもいなかった。そして、デイヴィスが愛した私も、もうどこにもいない。

第六章　新しい日々

それからあっという間に一年が経った。

今の私は服飾事業の他にも手を拡げ、マチルダとともに女性の地位向上や社会進出にも力を入れている。

バルドのほうも、詳しいことは聞いていないけど、順調に黒幕探しが進んでいるらしい。最近ではバルドの外出が減り、その代わり屋敷には公爵家の騎士たちが頻繁《ひんぱん》に出入りするようになっていた。バルドはその騎士たちと連携して、捜査を進めているようだ。

そんなころ、ファルテール伯爵家がおとり潰しになったことを聞いた。当主のデイヴィスが爵位を剥奪《はくだつ》されたのち、跡継ぎが見つからなかったらしい。

同時期に私は女性の活躍する場所を広げて、社会に大きな影響を与えたとして、男爵位を授かった。

私は父の姓を借りて、この日から『ペレジオ男爵』と名乗ることになる。

この国で女性に爵位が与えられたのははじめてのことだという。驚いたことに、その褒賞として元ファルテール伯爵邸と伯爵領を与えられた。

メイドのハンナと庭師のふたりだけでは、広い元ファルテール伯爵邸を管理できない。かといって、よく知りもしない人に屋敷を任せるわけにもいかない。

「あ、そうだわ！」

私は以前、ファルテール家に仕えてくれていた人たちを捜すことにした。

大金を使い新聞に大きな広告を載せてもらう。

『元ファルテール伯爵家の使用人、大歓迎！　当時以上の給金をお支払いします』

この広告は大成功で、すぐにあちらこちらから懐《なつ》かしい顔ぶれが集まってきた。

その中には、ファルテール伯爵家に長く仕えてくれていた執事のジョンの姿もあった。デイヴィスからは体調を崩して辞めたと聞いていたから、元気そうで安心した。

「ジョン、会いたかったわ！」

「私もです、奥様。おっと、ペレジオ男爵様！」

あわてて言い直すジョンに「ローザでいいわよ」と微笑みかける。

これで元ファルテール邸の管理は問題がなくなった。

ジョンに私の希望を伝えて、すべての家具やカーテン、絨毯《じゅうたん》などを一新した。それらが終わったとき、そこは私とデイヴィスが暮らしていた屋敷ではなく、私のためのペレジオ男爵邸になっていた。

「あとは、元ファルテール領の管理ね……」

私が書斎机でそうつぶやくと、書類整理を手伝ってくれていたジョンが「一度、領地へ視察へいらっしゃったほうがよろしいかと」とアドバイスをくれる。

言われてみれば、デイヴィスが領地を管理していたころ、私が実際にその土地へ赴《おもむ》いたのは数回だけだった。

いくら私が以前の領主の元妻だったとしても、領主となった以上、改めて視察に行くべきだ。

「そうね……」

私はちらりとバルドを見た。バルドもジョンと同じく書類の整理を手伝ってくれている。書類から顔を上げたバルドは、まだなにも頼んでいないのに「お供します」と言ってくれた。

相変わらずバルドはとても優秀だ。今だって、「屋敷の警備や備品管理くらいならお手伝いできますよ」と私の仕事を積極的に手伝ってくれている。

さすが公爵家で騎士団長をしていただけはある。こんな優秀な方が、私の専属護衛だなんてもったいなさすぎる。

だからバルドには、いつか公爵家に戻ってもらうつもりだった。その際に素敵な奥様を見繕《みつくろ》うのも忘れない。

「バルド様、ありがとうございます。このお礼は必ずいたしますね」

「お礼ならもういただいていますよ。あなたのそばにいられることが私の喜びですから」

「え？」

首をかしげる私を見て、バルドとジョンは、なぜか困ったように微笑み合う。

「バルド様。ローザ様は、誠実な方です。その、まだお気持ちの整理をつけるには早いかと……」

「わかっています。無理強いする気はありません。私もまだ使命があり、想いを伝えられる状況ではないので」

「あの、なんの話ですか？」

私の質問に、ふたりはやわらかく微笑んだだけで答えてはくれない。さらに問いかけようとする私をジョンがさえぎった。

「ローザ様、領地に視察へ行かれるなら、馬に乗れるほうがよろしいですよ」

「そうね」

ジョンの言うことはもっともだ。王都とは違い、田舎の領地では馬車で移動できない場所が多い。昔はデイヴィスに任せきりだったけど、今は私が領主なので、人任せにはできない。

「でも私、馬には……」

「乗馬なら、私がお教えいたしますよ」

察しがよすぎる男バルドがすぐにそう提案してくれる。

「そうですね。バルド様、お願いできますか？」

「もちろんです」

その日から、バルドの乗馬レッスンがはじまった。

バルドのレッスンはとても丁寧で優しかった。なんとかひとりで馬に乗れるようになったころ、バルドに姿勢を何回も注意された。

「ローザ様、もっと背筋を伸ばしてください」

「こ、こうですか？」

自分ではめいっぱい背筋を伸ばしているつもりなのに、これでもダメらしい。

「あごを引いてください」

「こう？」

一瞬もどかしそうな顔をしたバルドは「失礼します」と断ってから馬にまたがってきた。気がつけば、私のうしろでバルドが馬の手綱を握っている。

「ローザ様、背筋を伸ばして」

バルドの大きな手が私の背中に添えられた。少し押されるかたちで私の姿勢が整《ととの》えられる。

「そうです。そのままの姿勢で、あごを引いてください」

「は、はい」

言われた通りにあごを引いた私の耳元で「そうではありません」とバルドの低い声がする。

「ローザ様、こうです」

背中にあったバルドの手が私の顔に移動して、あごの引き方を教えてくれる。

「……こうですか？」

「そうです！　この姿勢を覚えてください」

嬉しそうなバルドの声。私はというと、私の顔を支えるバルドの指が気になってしょうがない。

「あの、バルド様」

「はい、なんでしょうか？」

戸惑いながらうしろを振り返ると、すぐ近くにバルドの顔があった。バルドの狼のような黄色い瞳が大きく見開かれる。

パッとバルドの指が私の顔から離れて「申し訳ありません！」と謝罪が聞こえた。

「い、いえ……」

バルドはただ一生懸命に乗馬を教えてくれているだけなのに、私はどうしても意識してしまう。

私がまだファルテール伯爵夫人だったころ、バルドへの淡い想いを閉じ込めて、心の奥深くにしまい込んだ。そのしまい込んだはずの宝箱が、いつの間にか私の手元に戻ってきている。この宝箱の鍵を開けてしまえば、私はきっとバルドに護衛以上の関係を求めるだろう。

そんなことをして、バルドの嫌がる顔は見たくない。それに……

私は再び誰かを愛するのが怖かった。

はじめはうまくいっても、元夫のように心変わりしてしまうかもしれない。

私がまた以前のように愛する人を追いかけまわす愚かなローザに戻ってしまう可能性だってある。

そうなるくらいなら、私はもう誰も愛したくない。

馬の手綱をもつバルドの手が、そっと私の手に重なった。それは大きくごつごつしていて、元夫とはまったく違う手だった。

早くふりほどかなければと思ったけど、苦しいほど胸が高鳴って、私はどうしてもバルドの手をふりほどくことができない。

「これからは、ローザ、とお呼びしてもいいでしょうか？」

私の耳にバルドの息がかかる。そのことがとてつもなく恥ずかしい。

私はこの場から逃げたい一心でうなずいた。

数日後、執事のジョンが両手いっぱいに書類を抱えて私の執務室を訪れた。

「ローザ様に頼まれていたものが届きました」

執務室の机に置かれた書類に私は手を伸ばす。そこには、若くて綺麗な令嬢の姿が描かれていた。

ジョンが不思議そうにこちらを見て尋ねる。

「あの、これは?」

「未婚の貴族令嬢の資料よ。バルド様に素敵な結婚相手を探そうと思って」

「バルド様のお相手探し、ですか?」

なぜか頬《ほお》を引きつらせたジョンは「それは必要ないかと」と私の手元から書類をとりあげた。

「ちょっと、返して。私はバルド様に素敵なお相手を紹介すると約束しているんだから」

「そんなことをローザ様が心配する必要はありません」

きっぱり言い切るジョンに私は「どうして?」と尋ねた。

「それは……バルド様は、もうご自身で素敵な女性を見つけていらっしゃるからですよ」

ジョンの言葉に私は頭を殴られたような衝撃を受けた。

「そう、なの?」

「はい、そうなのです!」

ジョンはバルドのお相手のことを知っているようだ。

バルドに女性の影がなかったから、てっきり想い人がいないのだと思い込んでいた。あんなに素敵な人を世の女性が放っておくはずがないのに。

それなのに、『私がバルド様のお相手を探さないと』と張り切っていたなんて、恥ずかしさのあまり顔が熱くなってしまう。

ちょうどそのときバルドが執務室に入ってきたので、私は驚きすぎてその場で小さく跳ねた。バルドが不思議そうに、こちらを見ている。

「なにかあったのですか？」

ジョンは気まずそうに書類を背中に隠したけど、首をかしげたバルドが素早く書類を奪う。

「あ、ああ⁉」とあせるジョン。

書類に目を通したバルドの顔がどんどん険しくなっていく。

「……これは？」

それは、今まで聞いたことのないくらい怖い声だった。鋭い瞳が私をにらみつけている。

「ローザ。まさか、私の結婚相手を探している、なんて言いませんよね？」

あまりの迫力に、私はすぐには声が出せなかった。

バルドにはすでに想いを寄せる人がいるのに、別の人を紹介しようとしていたなんて、怒られても仕方がない。

私がうつむくと、バルドの深いため息が聞こえてきた。

「二度とこのようなことはしないでください」

冷たく言い捨てられて、私は必死に何度もうなずいた。

「ご、ごめんなさい。私、バルド様に想い人がいるなんて知らなくて……」

なんとかそう告げると、ピタッと固まったバルドは、勢いよくジョンを振り返った。

「まさか!?」

「言ってません！　私はなにも言っておりません！」

ふぅと安堵《あんど》したように息を吐くバルドの顔は赤い。そんな顔をするくらい、バルドは想い人のことを慕っているようだ。

そう思うと、私の胸がズキリと痛んだ。

もう誰も愛したくないはずなのに、バルドに愛する女性がいると知り、傷つく自分が嫌になる。

それに、優しいバルドを怒らせてしまったことが情けない。

私が自己嫌悪で顔を上げられなくなっていると、フワッと頭の上に重みを感じた。見ると、バルドが私の頭をなでている。

「ローザ。どうか、もう少しだけ待ってください。必ず、自分の口から告げますので」

そういうバルドの瞳があまりに切なそうだったので、私はよくわからないままうなずいた。その途端に、バルドは少年のように無邪気な笑みを浮かべる。

その笑みを見て、私はとうとう観念した。

私より年上で、背も高くたくましいバルドが、可愛くて仕方がない。

そう思ってしまうくらいに、私はバルドのことを愛していた。

でも、この思いを伝える日は一生来ない。

だから、せめてバルドが想い人と結ばれるその日まで、ただあなたのそばにいさせてほしい。

私は、そう願った。


男爵として忙しく過ごす私の隣には、いつもバルドがいてくれた。

以前、バルドに『私が出かけるときに、見送っていただけませんか？』と言われてから私はバルドが出かける日は、必ず見送るようにしている。

「いってらっしゃい、バルド様」

「いってきます」

その日は、なんだかいつもと雰囲気が違った。バルドを包む空気がなぜかピリピリとしている。

私は思わず彼の服の袖《そで》をつかんだ。

「バルド様、絶対に帰ってきてくださいね」

驚いたバルドはすぐに優しい笑みを浮かべる。

「はい、私は必ずローザのもとに戻ります」

そう言ったバルドは、私の手の甲に唇を落とす。彼が私にこんなことをするのは、はじめてだ。

これからなにか重要なことが起こるんだ。そんな気がして怖くなった。

その日、バルドは帰ってこなかった。私は不安で一睡《いっすい》もできないでいた。

明け方になってから、玄関ホールが騒がしくなった。私があわてて部屋から飛び出すと、バルドと数人の騎士の姿が見えた。

「おかえりなさ……」

そう言い切る前に、バルドの腹部あたりが赤黒く染まっていることに気がついた。

「バルド様、血が⁉」

思わず飛びつき、バルドのシャツをめくる。たくましい腹筋には傷ひとつついてなかった。

「あ、あれ？」

「ローザ……」

バルドは口元を押さえながら顔を赤くしている。

「私の血ではありません」

「あ……」

安心すると、全身の力が抜けてしまう。そんな私をバルドが支えてくれた。

「ご心配をおかけして申し訳ありません。今日、すべて終わりました」

「そう、なのですね……」

バルドはずっと追っていた相手、かつての部下リンデンを陥《おとしい》れた黒幕との決着を、つけられたようだ。

「よかった……」

無事に帰ってきてくれて本当に嬉しい。あふれてしまった嬉し涙は、バルドが優しくぬぐってくれた。

その数日後、グラジオラス公爵家の政敵であったマダク公爵家の当主が、急に爵位を息子に譲ったという話が世間を賑《にぎ》わせた。父のあとを継いだ新マダク公爵は、苛烈な政策を押しすすめようとしていた父とは違い、穏やかな政策を好む方らしい。

どうやらリンデンを陥《おとし》いれてグラジオラス公爵家に害を及ぼそうとしていたのは、マダク公爵家だったようだ。たしかにグラジオラス公爵家でも、相手が同じ公爵家ではそう簡単に手を出せない。

詳しい話は聞いていないけど、バルドがマダク公爵に手をくだしたのではないらしい。バルドは、マダク公爵の息子と手を組んで父を引退させたようだ。

こうして、バルドは無事に使命をまっとうできた。それはとても喜ばしいことだ。

でもそれは、私との生活の終わりを告げるものでもあった。

黒幕を退治したバルドは、もう私のそばにいる必要はない。

だから、私は最後にバルドに感謝を告げたくて、「ふたりでワインを飲みませんか？」と誘った。

バルドは「喜んで」と誘いを受けてくれた。

「今日はお祝いです」

バルドとふたりでグラスを傾ける。バルドとふたりで過ごす穏やかな時間が、私は大好きだった。

「バルド様、おめでとうございます。そして、これまで私の護衛をしてくださり、ありがとうございました。なにかお礼がしたいのですが……」

そういう私にバルドはいつも優しく微笑みながら『お礼なら、もういただいています』としか返さない。

でも、今日のバルドは違った。

「では、いただきたいものがあります」

バルドの表情は、怖いくらい真剣だ。

「私は、己の使命をまっとうすることができました。ようやくこの言葉をあなたに伝えることができる」

バルドは私の手を優しくにぎると、そっと手の甲に口づけをした。

「ローザ、愛しています。どうか私に、あなたを愛することをお許しください」

その切実な声に、私の心臓は跳ね上がる。

「じょ、冗談は……」

「私が、このような悪質な冗談を言う人間だと？」

そんなわけがない。

「本気なのですか？」

「はい」

「でも、バルド様には想う女性がいらっしゃると……」

クスッと笑ったバルドは「本当に気がついていなかったのですね」とつぶやいた。黄色い瞳がまっすぐ私を見つめている。

「私の想い人はローザ、あなたです」

「え？」

「おそらく、あなた以外は、全員知っていると思いますよ」

「まさか、そんな……」

自分がバルドの想い人だなんて思いもしなかった。嬉しいと思うと同時に、どうしようもなく怖くなる。

そんな私を見て、バルドは寂しそうに微笑んだ。

「ご迷惑でしたでしょうか?」

私は首を左右にふる。

「……う、嬉しいです。本当です。でも……」

「でも?」

バルドの声は、どこまでも優しい。

「人の想いは変わります。今はよくても、バルド様もいつか私のことをうっとうしく思う日が来るかも……」

バルドを愛する私は、また愚かな行動をしてしまうかもしれない。バルドに嫌われるのだけは嫌だ。

そのことをとぎれとぎれの言葉で伝えると、バルドはなぜか赤面した。

「バルド様?」

「嫌われてはいないだろうと思っていましたが、まさか、そんな風に思ってくださっていたなんて……」

私が首をかしげると、バルドは腕を伸ばしてそっと私の頬《ほお》にふれる。

「今あなたは、私のことを愛している、と」

「あっ」

今度は私が赤面する番だった。恥ずかしくて顔を上げることができない。そんな私の顔を、バルドは大きな手で包み込んだ。

「ローザの言う通り、人の気持ちは変わります。でも悪いことばかりではありません。日々、お互いを思い合い、愛を深めて、より強くしていくことだってできるのです」

それは、私がデイヴィスとの結婚生活で望んでいたことだった。私はずっと、そういう愛を望んでいた。

「私に……できるでしょうか？」

「できますよ」

バルドは簡単に言ってのける。

「どうしてそう言い切れるのですか？」

「それは、ローザが愛情深く信頼できる人だからです」

「私が？」

たしかに仕事では、他人からの信頼を裏切らないように気をつけている。でも、私の愛はうっとうしいものなのだと、バルドは知らない。

「バルド様は、私のことをなにも知らないから……」

「知っていますよ。ずっとあなたのそばにいましたから」

バルドは優しい笑みを浮かべている。低く落ち着いた声は、いつも私の心を落ち着かせてくれる。

「私が騎士団長だったことはご存じですよね？」

「はい」

バルドはグラジオラス公爵家の騎士団長だった。

「騎士団長に抜擢《ばってき》されたとき、長年付き合いのあった友人たちが、私のもとを離れました」

「どうしてですか？」

「私が遠い存在になってしまったという者や、妬《ねた》みを隠さずののしってくる者、さまざまです」

「そんな……」

「それでも、私を祝福してくれる友人がいました」

その言葉に私はホッと胸をなでおろす。

「そして私が騎士団長を辞したとき、さらに多くの者が私のもとを離れました。それでもやはり、私と友人であることをやめない者がいました。私が何者であろうと、その友人には関係ないことなのです」

バルドはそう言うと、私にやわらかく微笑みかけた。

「ローザ、あなたもそうですよね？」

突然話を向けられ、どういうことだろうと首をかしげる。

「私がなにを言いたいのかというと、人は良いときもあれば、悪いときもあります。でも、どんな状況にあっても、その人の味方になってくれる人。それが、愛情深く信頼できる人だと私は思うのです。だから、ローザ。それができるあなたは大丈夫ですよ」

バルドの言葉は、私の心にストンと落ちていった。それならば、いつでも私の味方でいてくれるバルドこそ、愛情深く信頼できる人だ。

「もし、それでもあなたができないというなら、私があなたの分まで努力します。私だって、至らないところが多くあります。あなたに幻滅されてしまうかも。でも、それでも私はあなたとともに年老いていきたいのです」

バルドの言葉が、私の心を優しく包み込んでくれる。

「年老いていく……。バルド様は私が美しく着飾らなくても、髪がバサバサでも肌が荒れていても、いいんですか？」

「もちろんです。今のあなたも素敵ですが、これからは、もっと私に隙のあるところを見せてほしい」

「でも、連れて歩くのが恥ずかしくなるほど、私は老いてしまうかも……」

バルドはクスッと笑うと「そのときは、私も年をとっています。背中が曲がっているかもしれませんし、太っているかもしれませんよ」と言いながら、私の頭をなでてくれる。

「ローザ、そんな私は嫌ですか？」

私は懸命に首をふった。

ああ、そうか。

私はデイヴィスの言葉に今もなお縛られていたんだと、今さらながらに気がついた。

「私はバルド様の生き方や考え方を尊敬しています。そして、とても感謝しているのです。あなたがどんな姿になろうと、この気持ちは変わりません」

「私も同じですよ。懸命に生きるあなたが愛おしくて仕方ない。そんなあなたの心の支えになりたいと願ってしまうのです」

バルドの言葉で、私がどうしてデイヴィスとうまくいかなかったのかようやくわかった気がした。

デイヴィスが好きだったのはきっと、私であって私ではなかった。

出会ったときの私は、彼の好む外見をしていたのだろう。その私が彼を愛しているという事実を、彼は求めていただけだ。そして私の外見が衰え、愛し方が彼の求めるものと違うものになったから、『うっとうしい』と吐き捨てた。

結局、デイヴィスが求めていたことは、私に愛されることではない。彼好みの私が、彼の都合よく彼を愛すること、それがデイヴィスの望みだった。

でも、バルドは私という人間を知った上で、愛していると言ってくれる。

「私で、いいのでしょうか？」

「ローザ、あなたでないとダメなのです」

涙があふれて止まらない。

「私は人を愛してもいいのでしょうか？　あなたにつきまとって、帰りを待ちわびて、あなた以外どうでもよくなってしまうかも……」

バルドは少年のように笑いながら、私を高く抱きかかえた。小さく悲鳴がこぼれて、私はあわててバルドの首に腕をまわす。

「いいですよ。ローザは好きに生きてください。嫌だと思ったら、私ははっきり言いますから。もし、問題が起きたら、そのときは解決するまで話し合いましょう」

「話し合いで解決……」

そうだ。起こった問題はきちんと解決すればいい。それを教えてくれたのは、バルドだ。

「愛しています、ローザ」

「私も……私もあなたを愛しています」

ゆっくり唇が重なる。まるではじめて口づけをしたかのように、私の心はときめいていた。


それからの私たちは、ゆっくり距離を縮めていくことにした。

お互い自由恋愛とはほど遠い生き方をしてきたので、すべてが探り探りだった。

まずはじめに、仕事の休みをとることからはじめた。私もバルドも休みなく働き続けるのが当たり前だったので、ふたりでそろって仕事をしない日を決める。

はじめは『そんなことをして、困ることはないのかしら?』と思ったけど、経営者の私が明確に休みをとることで、私に頼れない日があるのだと気づいたのか、下で働く者たちがより成長して、しっかりしていったように思う。私は信頼できる従業員を数人選び、数店舗に拡大していたお店を、思い切って任せてみることにした。

選ばれた従業員たちは、はじめは驚いていたものの、すぐに頭角をあらわし、店を切り盛りしていくようになった。

私は、優秀な人たちに囲まれて、いつも助けてもらっている。

そうしてつくり出した休暇は、バルドと話し合ってお互いにやってみたかったことを交代でしてみることにした。

ある日、バルドは、私を遠乗りに誘ってくれた。

自然の中で思う存分に馬を走らせたあと、馬上でバルドは私を振り返る。

「ローザ、つきましたよ」

馬から降りると、バルドは私の手を引いて歩きだした。

どこまで歩くのかしら？　と思っていると、茂みを抜けたその先には、見渡す限りの花畑が広がっていた。

「わぁ……きれい」

「でしょう？」

「こんな場所があったなんて知りませんでした」

丘から吹き抜ける風が優しく花々をゆらしている。

私がその光景にうっとりしていると、バルドは座り込み、花を一輪摘んだ。そして、私の髪に花を挿す。

「お似合いです」

少年のように微笑むバルドに、私の頬《ほお》は熱くなる。彼は恋愛に慣れていないはずなのに、こういうことを恥ずかしがりもせず自然とやってしまう。このままでは私の心臓がもたない。

こちらの気持ちも知らないで、バルドは美しい景色を前に「この景色をあなたと一緒に見たかったのです」と微笑みかけてくる。

「嬉しいです。連れてきてくださって、ありがとうございます」

優しく瞳を細めたバルドが、私を引き寄せ額にキスをする。

「喜んでいただけたのなら、私も嬉しいです」

その言葉を聞きながら、『私の喜びがバルドの喜びにもなる』ということを、なんだか不思議に思った。

また別の日は、私が「ボートに乗ってみたいです」とお願いした。

元夫のデイヴィスは体を動かすことが好きではなかったので、こういう野外での遊びをしたことがなかった。

昔からボート遊びには憧れがあったけど、ボートを漕《こ》ぐのは男性なので、私はデイヴィスに『やってみたい』と言えなかった。あのころの私はデイヴィスに嫌われたくなかったし、デイヴィスは嫌なことがあるとすぐに不機嫌になって黙り込むので、希望を言うことすらためらわれた。

でも、バルドなら私が希望を言ったくらいで不機嫌になることはないし、嫌なことは嫌だとはっきり言ってくれる。それがわかっていたので、断られてもいいという気持ちで気楽に言えた。

バルドは嫌な顔ひとつせず「ボートか、いいですね」と微笑んだ。

湖の上に浮かぶボートはゆらゆらとゆれていて、乗り込むのが大変だった。この段階で、もう私の想像していた優雅なボート遊びとは違う。

でも、バルドがボートを漕《こ》ぐ姿はかっこよかった。私がバルドに見とれている間に、ボートは湖の中ほどについた。

遠くで小鳥がさえずっている。静かな水の音に癒された。

ボートの上は、まるで私たちだけが世界から切り離されたような、ふたりだけの空間にだった。

ボート遊びが恋人たちに人気な理由がわかった気がした。

バルドは大きく伸びをする。

「気持ちがいいですね」

「はい、とても」

私が「ずっとボートを漕《こ》いで、お疲れではありませんか？」と尋ねると、バルドは「まさか」と笑う。

「この程度で疲れていては、騎士など務まりません。それに……」

バルドはイタズラっぽい笑みを浮かべる。

「ここでなら、あなたに男らしさを存分にアピールできると張り切っています」

私がふふっと笑い「バルド様は、いつでも男らしくて素敵ですよ」と伝えると、バルドは頬《ほお》を赤くして視線をそらした。

「そんな可愛いことを言って……。ここがボートの上でなければ、あなたを抱きしめているところですよ」

「あら、では急いで岸辺に戻らないと」

私がおどけて返すと、バルドは本当に岸に向かってボートを漕《こ》ぎ出す。

「あの、バルド様。冗談です」

「私に冗談は通じませんよ」

あっという間に岸についたボートから、バルドは身軽に降りた。そして、私に両手を差し出す。

私がバルドの腕の中に迷いなく飛び込むと、そのままぎゅっと抱きしめられた。

どちらのものかわからない鼓動が聞こえる。それがどうしようもなく心地よかった。


それからの私たちは、「今度の休暇はなにをしてみようか？」とそんな会話をするのが日々の楽しみになっていた。

今日もお互いの仕事が終わったあとで、明日の休暇になにをするか話し合おうと約束している。

私が執務室でバルドを待っていると、扉がノックされた。

「どうぞ」

声をかけてもバルドは中に入ってこない。代わりに「ローザ、扉を開けていただけますか？」とお願いされた。

不思議に思いながら扉を開けると、目の前がバラの花で埋めつくされた。

バルドが、両手いっぱいの花束を抱えている。

「こ、これは？」

戸惑う私に、バルドはニコリと微笑みかけた。

「実は、今日は私の誕生日なのです」

「ええっ！　バルド様のお誕生日⁉」

今日がバルドの誕生日だなんて知らなかった。そうと知っていれば、みんなで盛大にお祝いをしたのに。

でも、世の中には騒がしいことが嫌いな人だっている。バルドも、お祝いをしてほしくなくてあえて言わなかったのかもしれない。

それに、今までバルドの誕生日を聞かなかった私が悪い。私にだけは言ってほしかった、と寂しく思ってしまうのはただのワガママだ。

だから私は「お誕生日おめでとうございます」と微笑んだ。

「ありがとうございます」と返したバルドは、バラの花束を抱えたまま執務室に入ってきた。

「ローザ。このバラ、受けとっていただけますか？」

「はい、もちろん……って、あら？　でも、バルド様のお誕生日なのに、どうして私にバラを？」

「実は、誕生日に欲しいものがあるのです」

無欲なバルドがなにかを欲しがるなんて珍しい。

バルドは片膝をつくと、私にバラを差し出した。こちらを見つめる瞳は、とても真剣だ。

「ローザ、あなたのすべてがほしい」

私はバルドの言葉の意味がわからず首をかしげた。その途端、バルドは悲しそうに瞳を伏せる。

「私では、ダメでしょうか？」

「え？」

「私をひとりの男として意識できませんか？」

その言葉で私は、バルドの言わんとすることをようやく理解した。

バルドは、もっと先の男女の関係に進みたいと言っている。

途端に顔が熱くなり、バルドをまっすぐ見られない。

「嫌ですか？」

「い、嫌では……」

「では、今日の夜。あなたの寝室に行きます」

バルドは私の髪に口づけをすると「どうか逃げないでください」と懇願《こんがん》する。

私は無言でうなずくだけで精一杯だった。

優しい笑みを浮かべたバルドは、バラの花束を残して執務室から去っていった。

それからの私は、なにをどうやって過ごしたのかわからないくらい、ぼんやりしていた。

何回か壁にぶつかりそうになったし、つまずいて転びそうにもなった。

気がつけば自分の寝室にいて、寝る準備を完璧に整《ととの》えていた。いつの間にかお気に入りの部屋着を着ている。

「あ、こんなに胸元が開いた服を着ていたら、バルド様になんて言われるか……」

あわてて着替えようとした私は、ふと手を止めた。

バルドはこれまで私がなにを着ていようが、どんな姿をしていようが、責めたことなんてない。

むしろ、いつも『よくお似合いです』とほめてくれる。だから、私はありのままの私をバルドに見てもらう覚悟を決めた。

もしそれでバルドに幻滅されたり、嫌われたりしても仕方がない。

「だって、私は私にしかなれないもの……」

寝室の扉がノックされた。おそるおそる扉を開けると、いつもよりラフな格好のバルドが立っていた。たくましい体のラインがいつもよりはっきりわかる。お風呂上がりなのか、水気を含んだ黒髪が妙に色っぽい。

「……な、中へどうぞ」

今にも消えてしまいそうな声だったけど、バルドには聞こえたようで、嬉しそうに微笑まれた。

私はワインを準備していたテーブルへバルドを案内した。

「ワインを……」

言い終わる前に、うしろから抱きしめられた。耳元でバルドの低い声が聞こえる。

「今日は、私の生涯で一番幸せな誕生日です」

私の心臓は壊れてしまったのかもしれない。それくらい鼓動が速い。

「プレゼントをいただけますか？」

バルドの問いかけに、私は真っ赤な顔で、ただうなずくことしかできなかった。

◇◇◇

ある日、私は公爵夫人マチルダに招かれて、いつものようにグラジオラス公爵家を訪れていた。

マチルダの新しいドレスの注文や、私の最近の事業の話がひと通り終わると、マチルダはどこか妖艶《ようえん》に微笑む。

「ローザ、ワインを飲みましょう」

「はい」

マチルダとワインを飲む時間はとても楽しい。ふたりでいつも夢物語のような話をしては、それを実現するための試行錯誤をしていく。

ふたりでボトルを一本空にしたころ、マチルダは、「バルドは元気？」と尋ねてきた。

「はい、とても元気ですよ」

「で、あなたたち、結婚式は挙げないの？」

その言葉に私は、思わずむせてしまった。ワインをこぼさなかった自分をほめてあげたい。

「なにを驚いているのよ。恋仲なのでしょう？」

「ど、どうして、マチルダ様がご存じなのですか？」

バルドとの関係を隠しているわけではない。でも、大々的に言ったわけでもないのに、なぜかみんなことを知っている。

バルドが私のことを好きだということは、『あなた以外は、全員知っていると思いますよ』と聞いた。周りの目から見るとバルドの想いは、とてもわかりやすかったらしい。

赤くなった頬《ほお》を隠すように手で押さえていると、マチルダは楽しそうにグラスを傾けた。

「だって、あの不愛想《ぶあいそう》なバルドが、あなたにだけニコニコしながら嬉しそうに話しかけるんだもの。わかりやすすぎて、私の夫も驚いていたわよ」

「そうなのですね……」

このことは、グラジオラス公爵にまで知られているらしい。私は恥ずかしさをこらえながら、話を元に戻した。

「結婚式ですが、挙げる予定はありません」

「そうなの？」

「はい。私にとっては二度目の結婚なので、もう式を挙げる必要はないかと。式に呼ばれた方々も、気まずいでしょうし……」

「そんなことはないわ」

マチルダはそう言ってくれるけど、女の身で事業を興《おこ》し、離婚したにもかかわらず女性初の男爵位まで手にした私をよく思わない人は多い。

さすがに面と向かって言われることはないけど、貴族社会では私が爵位や領地を手にするためにデイヴィスを陥れたのではないか、などという悪質なウワサまで広がっている。

そんな中で結婚式を挙げれば、バルドまで悪く言われるのは目に見えていた。

わざわざ目立つことをして波風を立てる必要はない。バルドは私の好きにしていいと言ってくれている。だったら、悪く言われるのは私だけでいい。

そんな私の話を静かに聞いていたマチルダは「そう。結婚式、挙げないのね」とつぶやいた。

「あなたたちの結婚を盛大に祝いたかったのに、仕方がないわね。じゃあ、結婚式はあきらめるわ」

このときのマチルダが『結婚式は』の『は』にだけやけに力を込めていたことと、ニヤリと口端を上げたことの意味を、私は数カ月後にようやく知ることになる。


その日は、朝からなんだか、すべてがおかしかった。

屋敷内のメイドたちがやけに張り切っているし、なぜか白以外のドレスを選ばせてくれない。いつもどおりグラジオラス公爵家を訪ねるだけなのに、まるで今から夜会にでも行くかのような華やかな装いに仕上げられてしまった。

姿見を見た私が「これは、やりすぎじゃないかしら？」と言ってしまうくらい、今日の私は着飾っている。

「ねぇ、ハンナはどう思う……あら？」

ハンナの姿が見当たらない。そばにいる別のメイドに「ハンナは？」と尋ねると、「大切な用事があって、今は出ています」と意味ありげな微笑みを向けられた。

そういえば朝食のとき、執事のジョンの姿もなかった。バルドも今日は用事があるとのことで、今朝は一度も会っていない。

今日ってなにかあったかしら？　スケジュール管理は徹底するようにしているけど、見落としがあったのかもしれない。

そんなことを考えていると、あっという間に時間が過ぎてしまった。

本当ならもっと質素な服に着替えてから出かけたいけど、メイドたちはみんな『やりきりました！』みたいな顔をして私を着替えさせてくれようとしない。それどころか満足そうに「ローザ様、いってらっしゃいませ」と一斉に頭を下げた。

今から着替えても、マチルダとの待ち合わせ時間に遅れてしまう。

私はため息をつくとメイドたちに「行ってくるわ」と伝えて、自室をあとにした。

どう考えても着飾りすぎだけど、気心の知れたマチルダなら、私がどんな格好をしていても気にしないでいてくれるだろう。

それより約束した時間に遅れるほうが問題だ。私はひとりで馬車に乗り込むと、もう一度「今日、なにかあったかしら？」とつぶやいた。

グラジオラス公爵邸に向かう馬車の中でずっと考えていたけど、なにも思い出せなかった。

そうしているうちに馬車が公爵邸についたので、私は頭を仕事モードに切り替えた。

馬車の扉が開くと、公爵家に仕えるふたりの騎士が私を出迎えてくれる。

「ペレジオ男爵ローザ様、お手をどうぞ」

そう言って、手を差し出す騎士の顔には見覚えがあった。

「あら、あなたたちは……」

たしか、私が役場に離婚届を出しに行ったとき、バルドと一緒に護衛をしてくれた騎士たちだ。

「お久しぶりですね。その節は護衛をしてくださり、ありがとうございました」

私が頭を下げると、ふたりの騎士はあわてる。

「そんな！　お礼を言いたいのはこっちです！」

「そうですよ。こちらこそその節は、バルド様を公爵家に引き留めてくださり、ありがとうございました！」

過去にバルドは、公爵令嬢アイリスの婚約者リンデンが犯した罪の責任をとり、団長を辞職した。それだけではなく公爵家を出ていくとまで言い出したのだ。

「俺たちは、バルド様に育ててもらったようなものなのです。だから、バルド様が不名誉なかたちで公爵家を去るのが、どうしても納得できなくて……」

「だから、あのときローザ様がバルド様を引き留めてくださって、すごく嬉しかったんです。ありがとうございました！」

そろって勢いよく頭を下げた騎士たちを見て、私は不思議な気分になった。

マチルダの役に立ちたくてしたことで、こんなにも感謝されるなんて思いもしなかった。

騎士たちにエスコートされながら、私はいつもの来客室とは別の部屋へ案内された。そこには、私がつくったドレスを完璧に着こなしている美しいマチルダが立っていた。

「待っていたわよ、ローザ」

「マチルダ様」

私のドレスもそうだけど、マチルダのドレスもなにもない日に着るには華やかすぎる。

不思議そうな私を見て、マチルダはイタズラっ子のような笑みを浮かべた。

「このドレス、とても気に入っているのよ。私が夫に気兼ねなく好きなドレスを着られるのは、あなたのおかげ。そして私の夫が思う存分ダンスを楽しめるのも、あなたのおかげ」

「そんな。私のほうこそ、マチルダ様や公爵様にお世話になってばかりで……」

いろんな人の力を借りて、なんとかやっていけているだけで、私の力など微々《びび》たるものだ。

「相変わらず謙虚《けんきょ》な姿勢はあなたの美徳ね。だけど、今日だけは少し忘れて楽しんで」

「楽しむ？」

「そうよ、今日はこの扉の向こうで、これからパーティーが開かれるの。主役はあなた」

「パーティー、ですか？」

ふたりの騎士たちが、扉に手をかけた。ゆっくり開いた扉の先には、大ホールが広がっていて、天井にはシャンデリアがきらめいている。

「さぁ、ローザ。壇上までまっすぐ歩いていって」

マチルダに背中を押されてホールに入ると、割れんばかりの拍手が鳴り響いた。

「ローザ様！」

「ローザ様！」

満面の笑みで私の名前を呼ぶ人たちの中には、知った顔が多い。朝から姿が見えなかったメイドのハンナや執事のジョンの姿もあった。

「マチルダ様……このパーティーは？」

「本当は、あなたとバルドの結婚式……と言いたいところだけど違うわ。今日はね、感謝パーティーなの」

「感謝パーティー？」

そんなパーティー、聞いたことがない。

「さぁ、主役が来たから、パーティーをはじめるわよ」

マチルダが優雅に右手を上げると、演奏者たちが音楽を奏ではじめる。

私のもとに、可愛らしいワンピースを着たハンナと、庭師の青年がかけよってきた。ふたりはそれぞれ一輪の花を手に持っている。

私がなにごとかと思っていると、先に口を開いたのはハンナだった。

「ローザ様、あなたのおかげで、私はあの夫と別れられました。それに……」

ハンナは隣にいる庭師の青年と視線を交わす。

「ローザ様のおかげで、本当に人を好きになるってどういうことなのか、ようやくわかりました。ありがとうございます」

ハンナは幸せそうに庭師の青年と微笑み合いながら、一輪ずつ私に花を手渡した。

次に私のそばに来たのは執事のジョンだ。そのうしろには、ファルテール伯爵家に仕えていた使用人たちが勢ぞろいしている。

私はジョンに小声で尋ねた。

「ねぇ、ジョン。これは、どういうこと？」

ジョンは目頭を押さえると、急に涙を流した。

「私は、長年ファルテール伯爵家にお仕えできたことを誇りに思っておりました。それなのにある日突然不当に解雇されて、どれほど悔しかったか」

ジョンのうしろで他の使用人たちも、うんうんとうなずいている。

「ローザ様、私たちを呼び戻してくださり、再びお仕えすることを許してくださり、ありがとうございます」

ジョンが深く頭を下げると、うしろの使用人たちも「ありがとうございます！」「ありがとうございます、ローザ様」と次々に頭を下げる。

顔を上げたジョンが私に花を手渡したとき、私はようやくこのパーティーの趣旨に気がついた。

マチルダの言葉が私の脳裏《のうり》によみがえる。

――今日はね、感謝パーティーなの。

――主役はあなたよ。

「もしかして……ここにいるみんなが……？」

ホールにはたくさんの人が集まっている。貴族もいれば平民もいて、みんな一輪の花をもっていた。

私が壇上に向かって歩きだすと、両脇から「ローザ様、ありがとうございます」というお礼とともに花が渡された。

その中には、私の店で働く腕のいい女性服飾士たちもいる。彼女たちの中には、働きたくても子育てが大変で働けない人たちもいた。私はかつて、彼女たちが働きやすくなるように保育施設をつくった。

「ローザ様。女性の仕事を増やしてくださり、働ける環境を整《ととの》えてくださり、ありがとうございました」

そう言った彼女たちの隣には、店の管理を任せている真面目な男性もいる。

「ローザ様。生まれが貧しい俺を信頼してくださって、ありがとうございます！」

たくさんの感謝の言葉とともに、私の手の中の花の数が増えていく。

その先に、公爵令嬢アイリスがたたずんでいた。

「ローザ様」

「アイリス様……」

一輪の花をもったアイリスの隣には、この国の第三王子ゼラフォルドがいる。

アイリスは、花開くように微笑んだ。

「ありがとうございます。あなたから受けたご恩は一生忘れません」

アイリスの言葉とともに、ゼラフォルドが小さく頭を下げた。王族が一介の男爵に頭を下げるなど、そうそうあることではない。あわてる私に、アイリスが「気にしなくていいわ」と笑う。

「ゼルもローザにお礼を言いたくて仕方なかったんですって」

幸せそうなアイリスからは、婚約者のことで悩んでいたころの影は消え去っていた。彼女は本当の笑顔をとり戻せたようだ。そのことがとても嬉しい。

「お母さまが、ローザ様はとてもつつましやかな方だから、ご自身がどれほど人から感謝されているかわかっていないのと、いつも嘆いてらっしゃったの。だから、みんなでどうしたらローザ様に感謝を伝えられるか考えました」

「私への感謝ですか？」

「はい、この花は私たちからの、あなたへの感謝を形にしたものです」

私は、たくさんの人からもらったあふれんばかりの花々を見つめた。

いつも助けてもらってばかりの私が、こんなにもたくさんの人に感謝されているなんて、夢にも思わなかった。

それからも、私の腕の中の花はどんどん増えていって、もう前がよく見えない。

そんな私の手に、大きな手が重なった。

「ローザ、おもちします」

気がつけば、バルドが花束を代わりにもってくれている。

真っ白な衣装に身を包んだバルドは、前髪をうしろになでつけ、きちんと正装をしていた。

ふたりで並ぶと、まるで新郎新婦のようだ。

バルドがもっていた花束は、ハンナやジョンたちの手であっという間に壇上に飾られていく。急きょ花で飾られた壇上には、なぜか神殿の神官が待ち構えていた。

これでは、誰がどう見ても結婚式だ。

私があわてて来た道を振り返ると、グラジオラス公爵の隣でマチルダがニンマリと口端を上げていた。

「マ、マチルダ様!? これは結婚式じゃないって!」

私の問いに答えたのは、マチルダではなくそばにいるバルドだった。

「ローザ。騙《だま》して申し訳ありません。マチルダ様から聞きました。私が悪く言われないように式を挙げない、と」

マチルダは、私が話したことをすべてバルドに話したようだ。

「結婚式を挙げないという、あなたの意志を尊重したかったのですが、理由がそれなら聞き入れることはできません」

バルドは私の手を優しくとった。

「あなたが背負う荷物を、私にも分けてください」

男爵位を得てからの私は、背負うものが多かった。それでもつぶれなかったのは、こうしてバルドがそばで支えてくれたからだ。

「バルド、あなたにはもう十分背負ってもらっています。これからも、どうかお互いに支え合い、私とともにに歩んでください」

バルドは笑ってうなずいてくれる。

とてもいいタイミングで、神官が誓いの言葉を読み上げた。

病めるときも　健やかなるときも
喜びのときも　悲しみのときも
富めるときも　貧しきときも
愛する人を敬い　慈しむことを誓いますか？

お互いに「はい」と返事をして、私とバルドは見つめ合う。

「それでは、誓いのキスをしてください」

バルドに口づけをされて、ホール内に再び拍手が鳴り響いた。

「おめでとうございます！」

「どうぞお幸せに！」

私はたくさんの祝いの言葉を全身に浴びながら、壇上からここに集まってくれた人々を見渡した。

誰も彼も皆、笑顔になってくれている。

私はスカートの裾をつまみ、感謝の意を込めて淑女の礼《カーテシー》をした。

ワァと大きな歓声が上がる。

今まで私がやってきたことは、こうして誰かの役に立てていた。

そのことがわかり、胸がどうしようもなく熱くなる。

必死にこらえても、次から次へと涙があふれてきた。

割れんばかりの拍手は、いつまでも鳴りやまなかった。

エピローグ

盛大な祝福を受けて結ばれた私たちは、そろって夜会へ参加していた。

会場のシャンデリアが私の愛おしい人をまばゆく照らしている。

バルドは黒い前髪をうしろになでつけて、私とおそろいの黒の衣装を完璧に着こなしていた。その姿はとても素敵で、そばにいるだけで心臓がうるさく鳴る。

それなのにバルドはことあるごとに私の耳元で「ローザ、素敵です」「あなたの隣に立てて光栄です」「今すぐ連れ帰って私の腕の中に閉じ込めてしまいたい」など甘い言葉をささやいてくる。

顔を赤くした私が「もう、バルド様……」とたしなめると、バルドは「はい？」と不思議そうに首をかしげた。そのしぐさが可愛らしい。

想いが通じてからわかったことだけど、彼はものすごく情熱的な人だった。愛の言葉や感謝を毎日伝えてくれるし、いつも私を気遣ってくれる。

そんなバルドに応えたくて、私も毎日、愛の言葉と感謝をバルドに伝えた。

そのおかげなのか、私たちがもめるようなことは、これまでなにもなかった。なにかあれば相談し、お互いに解決方法を探すので、今のところもめようがない。

問題があるとすれば、それはバルドが私に甘すぎること。このままでは、私の心臓がもたない。

私は一度落ち着こうと、バルドから離れた。

「ローザ？」

「その……お化粧を直してきます」

「はい、いってらっしゃい」

少年のようにニコリと微笑むバルドに見送られて、私は女性用の休憩室へ向かった。

その途中の回廊で、若い令息たちが話している姿を見かけた。聞き耳を立てる気はないのに、彼らの声が大きくてこちらにまで会話の内容が聞こえてくる。

「はぁ、まったく困ったもんだよ」

「新婚のくせにため息なんかついてどうした？」

友人であろう令息が、もうひとりの令息の肩を叩く。

「妻のことだよ。彼女には本当に困ってるんだ」

私はどこかで聞いたことがある会話の内容に、周囲に人がいないか見渡した。幸い、私以外誰もいない。

近頃は、政略結婚が問題視されるようになっていた。最近では貴族でも政略結婚は減っているが、この令息は違うようだ。

だからといって、こんなところでそんな話をしないでほしい。不満があるのなら陰口なんて言わずに、妻とじっくり話し合って解決してほしい。

私が悲しく思っていると、令息の友人は「なんだのろけかぁ」と笑い飛ばす。その言葉を聞いて、妻の陰口を言っていた令息はパッと表情を変えて明るく笑った。

「そうだよ、のろけだ！　妻が可愛すぎて、毎日困っているんだ！　ようやく想いが通じたんだ！　結婚って最高だよ！」

「くっそーこいつ！　腹立つなぁ！」

「あはは、お前も早く結婚しろよ」

女性用休憩室の扉が開いて、若い令嬢が出てきた。その令嬢を見た途端に、先ほどため息をついていた令息がかけよっていく。令嬢は少し戸惑いながら「待った？」と尋ねた。

「ぜんぜん待ってないよ。さぁ行こう」

令嬢をエスコートする令息は、とても幸せそうだ。

そのうしろ姿を見送りながら、私は温かい気持ちになっていた。

どうかいつまでも、お互いを大切にして過ごしてほしいと願わずにはいられない。

女性用休憩室では、夜会の主催者が手配したメイドが控えていた。そのメイドに化粧を直してもらい、私は部屋を出る。

扉を開けると、見覚えのあるうしろ姿を見つけて私は微笑んだ。

「バルド様」

その大きな背中に声をかけると、バルドはゆっくり振り返る。

「終わりましたか？」

「はい。お待たせしてすみません」

「いいえ、少しも待っていませんよ。さぁ行きましょう」

バルドのセリフが先ほど見かけた新婚夫婦と同じだったので、私は笑ってしまった。

「どうしましたか？」

「いえ、幸せだな、と思いまして」

「私のほうが幸せですよ」

「いいえ、私のほうが幸せです」

バルドはイタズラっぽい笑みを浮かべる。

「このままお互い譲れないと、ケンカになってしまうかもしれませんね」

「そうですね。そうなれば、私たちのはじめてのケンカですね」

そう言った私は、ふと、いつかバルドとはケンカをすることもあるかもしれないと思った。

お互いの意見が違ったとき、バルドとなら熱い議論ができるだろう。

そしてお互いに意見を言い合い尊重した上で、きっといい解決策にたどりつけるという、バルドへの深い信頼があった。

ようするに、バルドとならケンカをしても絶対に仲直りできるという確信があるのだ。

私とバルドの関係は、ケンカをしたくらいでは少しもゆるがない。だからこそ、バルドとなら安心してケンカもできてしまう。

私はバルドにニコリと微笑みかけた。

「今からケンカ、してみますか？」

「え？」

驚いて目を見開くバルドを「私は怒ると怖いですよ」と脅してみる。

バルドはすぐに両手を上げた。

「まいったな。怒ったローザも見てみたいですが……。あなたを怒らせてしまうのは心苦しいので、今回は私が引きましょう」

「あら、残念。では、私のほうが幸せということですね」

バルドは、わざとらしく瞳を伏せた。

「その件は仕方がありませんね。でもローザ。私のほうがあなたを愛していますよ」

「私だって、愛しています」

「これだけは絶対に譲れませんね。今度こそ、ケンカをしますか？」

バルドがわざとらしくキリッとした顔をしたので、私は噴き出してしまった。

「いいえ。仕方がないので、今度は私が譲りましょう」

「ありがたき幸せ」

顔を見合わせると、ふたりそろって笑いだす。

「バルド様、あなたといると笑いが絶えません」

きっと幸せとはこういうことを言うのだろう。

私はこれからもずっと、こうしてバルドと笑い合いながら生きていく。

番外編

その後の彼は……

私がワイングラスを傾けるその先では、公爵夫人マチルダが微笑んでいた。

「ローザ、このワインどう？」

「香りが豊かで繊細な味ですね。とてもおいしいです」

「そうでしょう」

嬉しいことに私とマチルダとの交友は何年たっても変わることなく、年を重ねるごとにより親しくなっているような気さえする。

そんな間柄だからこそ、今日のマチルダの表情に、ずっと翳《かげ》りがあることに私は気がついていた。

「マチルダ様、なにかお悩みがあるのですか？　私でよければ話してください」

「あなたにはかなわないわね」

ふぅとため息をついたマチルダは、もっていたワイングラスをテーブルに置いた。

「これからする話は、あなたを不快な気分にさせてしまうかもしれないわ」

「かまいません」

「実は……。あなたの元夫デイヴィスのことなの。離婚したあなたにこのことを話す必要があるのかわからなくて、ためらっていたのだけど……」

「デイヴィスの？」

マチルダの口からデイヴィスの名前を聞いても、私はなにも感じなかった。ただ『そういえばそういう人もいたわね』と思う。

マチルダの話では、なんとデイヴィスが国境沿いにある未開地域の開発責任者に抜擢《ばってき》されたそうだ。その地域というのが、グラジオラス公爵家が資金援助を行っている土地らしい。

これは、デイヴィスの経営者としての手腕を買った人選で、グラジオラス公爵家は関わっていない。デイヴィス自身もそれを進んで引き受けたとのこと。

土地開発に成功すれば、その土地はそのままデイヴィスの所有地となり、莫大な富を得るだろう。しかしこの土地開発の前任者は、立て続けに謎の死をとげているのだという。平民となったはずのデイヴィスが抜擢《ばってき》されたのも、他に引き受ける者がおらず、なおかつなにかあっても後腐れがないから、という理由があったのだそうだ。

そう教えてくれたマチルダは、気まずそうに私から視線をそらす。

「そのデイヴィスがね、未開の地に行く前に、一目でいいからあなたに会いたいって言っているの」

「私に？」

「そうなの。もちろん断ってくれていいわ。以前から、ローザには一生会わせないとデイヴィスに伝えてあるから。だから、あなたに伝えずに私のほうで断ろうと思っていたの。でも夫が『ローザの意見も聞いてほしい』と言うのよ。たぶん、これが最後になるだろうからって」

「グラジオラス公爵様が？」

マチルダは「そうなのよ。あなたは、どうしたい？」と私に尋ねた。

「ど、どうしたいと言われましても……」

どうしてデイヴィスが、今さら私に会いたいのかわからない。私の人生には、もうデイヴィスが存在していなかったので、すぐに答えが出せない。

そんな私を見てマチルダは「少し考えてみて」と言ってくれた。


マチルダと別れて馬車に乗り、ペレジオ男爵邸に戻ってきても、私は混乱したままだった。

ぼんやりする私をバルドが心配そうに見ている。

「ローザ、大丈夫ですか？」

「あ、はい……」

「なにかあったのですか？」

「ええと……」

私はマチルダから聞いた話を、ポツリポツリとバルドに話した。

「それで、なぜかデイヴィスが最後に私に会いたいそうで……」

バルドを見ると、ひどく険しい顔をしていた。

「バルド様？」

名前を呼んでも、彼はこちらを見ない。代わりに「……それで、あなたはどうする気なんですか？」と言葉をぶつけてきた。その声は冷たく、いつもと違うバルドの突き放すような態度に私は動揺した。

「それが、どうしたらいいのかわからなくて」

グラジオラス公爵がどうして私の意見を聞いたのかがわからない。会う意味はないと思う。でも、最後になるなら会ったほうがいいの？　会ってどうするの？　なにも変わらないのに。

正直、自分でも自分の心がわからなかった。

そのことを伝えるとバルドは「どうしてなんだ、ローザ！」と叫んだ。

はじめてバルドに怒鳴られて、私は小さく悲鳴を上げた。ハッとしたバルドは、一瞬泣きそうな顔をしたあとに「すみません。頭を冷やしてきます」と部屋から出ていってしまう。

とり残された私は、しばらくその場で呆然《ぼうぜん》としていた。

バルドが声を荒らげた。あんなに優しい人を怒らせてしまった。

どうしようと思うと同時に、どうして今の話で私が怒られないといけないの？　という気持ちも湧き上がってくる。

元夫の話をしたから？　それだけでバルドは怒るの？　どうしていつものように話し合いをしてくれないの？　私たちはいつもそうしてきたじゃない。

時間が経つにつれて、ムカムカと腹が立ってくる。

「もう、バルド様のことなんて知らないわ！」

私はバルドを追いかけず、ふてくされて自室にこもった。そんな行動をする自分はまるで子どもみたいだけど、感情があふれてしまってどうしようもできなかった。

私を心配したメイドのハンナや、執事のジョンが部屋を訪れてくれた。でも、私の気分は晴れない。

「バルド様は来てくれないのね……」

心が沈み、なにも手につかない。

以前はバルドとケンカをしても仲直りをする自信があった。でも、実際にケンカしてしまうと、そんな余裕は少しもない。

バルドはもう私のことが嫌いになったのかもしれない。そう思うと涙があふれる。

謝りに行こうかと思ったけど、やっぱり自分が悪いとは思えなかった。

全身がだるくてベッドの上に横になっていると、寝室の扉がノックされた。

「ローザ、起きていますか？」

バルドの声だった。私はあわててベッドに潜り込み、顔を隠した。どんな顔をして会えばいいのかわからない。だって、バルドは私に怒っているから。私がバルドを怒らせてしまったから。

しばらくすると、ガチャリと扉が開く音が聞こえた。バルドの足音がこちらに近づいてくる。

「ローザ……」

私を呼ぶ声はどこか悲しそうだ。

「そのままでいいので聞いてください」

バルドは私のベッドに腰かけたようだ。

「先ほどは、声を荒らげてすみませんでした」

いつもの優しい声に戻っている。ホッとして涙がにじむ。

「あのときのローザが……。どうして悩むのか、私にはわからなかったのです」

バルドは静かに胸の内を語ってくれた。

今のローザには私がいるのに、どうして別れた夫に会うという選択肢があるのか？

どうして、すぐに断ってくれないのか？

もしかして、ローザはデイヴィスに会いたいのか？

だとしたら、ローザはまだデイヴィスに想いがある？

「そう思ったら、どうしようもなく腹が立って気がつけば怒鳴っていました。デイヴィスにあなたをとられてしまうのではないかと、怖くなったんです」

「バルド様……」

私は起き上がると、バルドを背後から抱きしめた。

「そんなわけないじゃないですか！　私が愛しているのはバルド様だけです」

「わかっています。わかっているのですが、つい嫉妬《しっと》にかられてしまいました」

バルドの大きな手が私の手に重なる。

「それくらい、あなたを愛しています」

「私もバルド様を愛していますよ。デイヴィスのことは、どうでもよすぎて決めることができなかったのです」

「どうでもよすぎて？」

「はい。デイヴィスは、私の中でもうどうでもいい人なのです。会っても会わなくても、私はなにも感じません」

「そう、なのですか？」

「はい、そうなのです」

バルドから、ハァと深いため息が聞こえてくる。

「私は自分が思っている以上に、自分に自信がないようです。お恥ずかしい」

そう言うバルドの顔は赤い。

「私だって、自分に自信なんてありません。さっきまでバルド様に嫌われてしまったのだと思って、本当に怖かったです」

「そんなことあるわけが……」

「ないのに、ね」

私たちは、ようやくお互いの顔を見た。

「大切なあなたを泣かせてしまいましたね」

バルドは優しく微笑むと、そっと私の目じりの涙を指でぬぐう。

「バルド様が嫉妬《しっと》するなんて、思ってもみませんでした」

「私自身、驚いています。でもローザこそ、すねて部屋に閉じこもるとは思いませんでしたよ」

「ふふ、子どもみたいですよね。自分でも信じられません。私たちは、まだお互いに知らないことがたくさんあるのですね」

「そうですね」

バルドは私の額に唇を落とした。

「ローザ。これからもお互いのことをたくさん知っていきましょう」

「はい」

私はバルドをまっすぐ見つめた。

「バルド様、私はデイヴィスに会いません。会いたいとも思っていませんから」

「そのことなのですが……」


数日後。私は未開の地に旅立つデイヴィスの見送りに来ていた。殺人未遂事件を起こし、貴族から平民に落とされたデイヴィスを見送る者は、私の他にいない。

そういう私も彼のそばにいるわけではなく、高台の上からデイヴィスを見ているだけだった。

荷物を背負ったデイヴィスは、まるでまぶしいものを見るかのように、こちらを見上げた。

デイヴィスに会ってもなにも感じない。

そう思っていたのに、彼の顔を見た途端に、自分でも驚くくらいたくさんの思い出がよみがえってきた。

つらいことが多かったけど、新婚当初は楽しいこともあった。

あのころの私が言えなかった言葉の数々が、今さらながらに浮かんでくる。

デイヴィス、私ね、淡い色のドレスは好みじゃないの。だって私に似合わないでしょう？　アクセサリーだってゴールドよりシルバーのほうが好きなの。

デイヴィス、仕事ばかりしないで、たまには私との時間も大切にしてほしいわ。

押し付けられていた仕事のことだって、あなたの顔色をうかがわずに、はっきり『もう嫌だ』と言えばよかった。

でもね、そういうことを言うのはただのワガママで、愛ではないと思っていたの。

正しい愛がわからなかった。今でもなにが正しいのかわからないけど、ただ、あのころの私たちの愛が間違っていたことだけはわかる。

ねぇ、デイヴィス。私たち、もっとたくさん話し合えばよかったわね。

それでもなにも変わらなかったかもしれない。

そもそもデイヴィスとは、話し合いができなかったからこうなってしまった。

どれくらい、デイヴィスと視線を交わしていたのかはわからない。結局デイヴィスは、私になにも言わなかった。私もなにも言うつもりはない。

それらはすべて過去のことであって、どうしようとも思わない。今さらデイヴィスにかける言葉なんてなにもない。私たちは、もう夫婦ではなく他人なのだから。

強く風が吹き抜けて、私の髪をゆらした。

私が髪に気をとられている間に、デイヴィスは私から視線をそらしたようだ。そのあとは一度も振り返らずに未開の地へと向かう荷馬車に乗り込む。

王都から遠く離れた危険な土地で、デイヴィスはこれからなにを思い、どう過ごすのか。

それは誰にもわからない。

私は、私の中のデイヴィスとの思い出にも別れを告げた。

さようなら、デイヴィス。

これで本当にすべてが終わった。

デイヴィスを見送った私が馬車に戻ると、中ではバルドが待っていた。バルドは「おかえりなさい」と私に微笑みかける。

「バルド様は、どうして私に見送りに行くように言ったのですか？」

最後にデイヴィスと会うように言ったのは、バルドのほうだった。

「自分でもわかりません。でも……あなたを最後に一目見ることが、今の彼には必要だったのではないかと思ったのです」

はっきり言われたわけではないけど、グラジオラス公爵も私にデイヴィスと会ってほしかったのだと思う。

きっと男性には男性にしかわからないことがあるのだろう。

それと同じように、女性同士にしかわからないことだってある。

物思いにふけっていると、バルドが私の手を優しくにぎった。私はバルドの肩にそっともたれかかる。

今、お互いになにを感じて思っているのか、私たちはわからない。
だからこそ、これからもしっかり話し合っていこう。
ときにはケンカをしてしまうかもしれない。私はまた愛を間違ってしまうかも。
でも、間違ったら話し合って考えていこう。
バルドとならそうして一緒に歩んでいける。私はそう思った。

この作品に対する皆様のご意見・ご感想をお待ちしております。

おハガキ・お手紙は以下の宛先にお送りください。

【宛先】

〒150-6008 東京都渋谷区恵比寿 4-20-3 恵比寿ｶﾞｰﾃﾞﾝﾌﾟﾚｲｽﾀﾜｰ 8F
（株）アルファポリス　書籍感想係

メールフォームでのご意見・ご感想は右のＱＲコードから、
あるいは以下のワードで検索をかけてください。

アルファポリス　書籍の感想　検索

ご感想はこちらから

本書は、「アルファポリス」（https://www.alphapolis.co.jp/）に掲載されていたものを、
改題・改稿・加筆のうえ、書籍化したものです。

あなたの愛《あい》が正《ただ》しいわ

来須みかん（くるす みかん）

2023年 9月 5日初版発行

編集－渡邉和音・森 順子
編集長－倉持真理
発行者－梶本雄介
発行所－株式会社アルファポリス
〒150-6008 東京都渋谷区恵比寿4-20-3 恵比寿ｶﾞｰﾃﾞﾝﾌﾟﾚｲｽﾀﾜｰ8F
TEL 03-6277-1601（営業） 03-6277-1602（編集）
URL https://www.alphapolis.co.jp/
発売元－株式会社星雲社（共同出版社・流通責任出版社）
〒112-0005 東京都文京区水道1-3-30
TEL 03-3868-3275
装丁・本文イラスト－ヤミーゴ
装丁デザイン－AFTERGLOW
（レーベルフォーマットデザイン—ansyyqdesign）
印刷－中央精版印刷株式会社

価格はカバーに表示されてあります。

落丁乱丁の場合はアルファポリスまでご連絡ください。

送料は小社負担でお取り替えします。


ISBN978-4-434-32509-0 C0093